名著名译经典珍藏版

真境花园

〔波斯〕萨迪 著
王静斋 译

華文出版社
SINO-CULTURE PRESS

گلستان

سعدی

序　一

《真境花园》原名《古洛司汤》，为波斯文学泰斗圣裔萨迪所著，我国经堂教育课程中之重要典籍也。其体为诗歌、散文不拘一格，隐诤诫于诙谐之中，文辞清丽自然，处处引人入胜，宜乎风行世界，脍炙人口矣。

书中事迹，颇为一般阿林所乐道，惜余不谙波斯文字，无由窥其全豹，殊因以为戚。迨二十九年秋承之陪都《回教论坛》社编辑，遽见刊中载有王静斋阿衡所译《真境花园》取而读之，知即《古洛司汤》。向之所欣慕者，竟得寓目，不禁狂喜；昕夕展诵，爱不释手。惜仅揭载至七章十七节而论坛社毁于敌机空袭，职是中道辍刊，遂不获再睹。

今夏萧毓清阿衡因事莅临，出《真境花园》译文稿示余；盖静斋阿衡将以单行本问世，嘱余为校雠者也。多年夙愿，终能获偿，幸何如之。

静斋阿衡于例言中自谓“不娴韵语，所有诗歌概译散文聊以达意，不敢妄事造作致乖原旨”，具见谦虚。按翻译贵乎信达，强拘形式，反觉晦涩费解。昔伍子先先生（遵契）译《归真要道》，所有诗词，亦译散文，已开先例；兹译诗为文岂足诟痛哉！

是书寓意深远，读者须细心体会，庶几有得。若目为小说，徒供解颐资谈助，则有负著者原旨，译者苦心矣。

北平尹广源伯清甫谨序于古渝清真寺

民国三十二年十二月古尔邦节

序　二

时常听见说，我们回教里的“抗战四大阿林”，但是没机会见过，尤其是王静斋阿衡，和我家弟兄都相熟。可是我跟他会面，还是最近的事。他虽然已有六十多岁的高龄，仍然孜孜治学，终日不倦，精神之健，就连年轻人也赶不上，谈起话来滔滔不绝。有一天下午我到他那里去，说到波斯文学，更引起他的高兴，顺手拿出一束稿子给我看，原来是波斯大诗人萨迪名著《真境花园》的译稿。我信手翻阅，一种浓厚的天方文学风气把我给吸引住了，这一天下午几乎忘记置身礼拜寺，随着静斋阿衡的译笔逛遍了萨迪的花园。

译笔有些地方，稍显晦涩，越是这样，更可以看出译者所下功夫的精纯。据静斋阿衡说：“这译本是因时代需要而急就的。将来预备另下一番功夫修正，现在只顾到介绍它的内容而忽略了它的文学价值。”这话虽是太客气，却也是实在情形。本来中波文字，相差甚远。要想翻译一部与原本形神酷肖的东西，根本有些理想，何况原本的体裁更偏重于诗歌呢？

这本书传到我国，已近六百年，各地经堂教育抄诵传阅，视为要典，它在宗教方面的价值，自不待言。可是他这样一部文学名著，封闭在我国清真寺大门内垂六百年，没有给中国的文学一点影响，这实在是回教学者的大缺憾。静斋阿衡肯做受累不讨好的事，更肯做青年人想做而不能做的事，此老精神毕竟不凡，所以在这部《真境花园》付印之前，拉杂的写几句话，就算一篇序吧!

马季康写于平凉陇东师范学校

民国三十三年

序　三

当今世道，正如野马奔驰，四维不张，伦礼垂亡，国虽未灭，而人心不古，一般狂徒，貌衣冠而禽兽行，所谓世界朽坏者，非天塌而地陷，人与禽兽不分，亦即世界之朽坏也。

回教自唐入华，能于传播千余年者，亦因主义不背礼教，甚或深入民间，补法律，匡政治，然其精髓实皆仰赖名种经典，兹悉静斋老人之译品《古洛司汤》一书，实足为针对现在社会人心之警惕名著，此书一出，人心有所适从，补益于国家社会人心，实不能以道理计也。

静老译品，率多不胫而走，盖其所译原著，本极珍贵，而再经静老生花之笔译为汉文，画龙点睛，自会飞腾。《真境花园》即《古洛司汤》之译名，将来人手一册，定在意中。谨赘数语有污清帙，亦不计也。是为序。

北平唐易尘谨序

序　四

曩者，于任编回教刊物时，尝见各阿林文稿中，有《古洛司汤》一书之称，然此书究为何种典籍，因余不谙经文，莫得其详。天津王静老，吾教之耆宿，阿林中硕彦也。数十年来，率真守教，淡泊功利，埋首苦干，孜孜不倦，以译著为职志；如天经之汉译，《中阿字典》之刊行，阐扬正道，裨益内外，辅弼教育，领导后学；至《伊光》报之编辑，教化广阔，涉及全国穆民；丰功伟绩，诚胜于任教一方也。

抗战期中，静老随战局迁徙，西北、西南行止不定。虽枕席难安，而译述工作，未稍间断。新版汉译《古兰》天经，即敌寇空袭下之果实也。胜利以还，奔走各地，宣慰久别教胞，致痼疾疽癌加重，遂于今春就医割治；幸庇主佑，平安痊愈。唯体未康复，即又着手《古洛司汤》之问世。以古稀高龄，仍如是惜时好学，吾辈后人，实惭愧万分无以自容。

兹者，承静老以《古洛司汤》译稿见赐，恭读之余，知斯书乃波斯（伊朗）学者之警世名著者；虽未窥其全豹，但于目次中亦可约悉要意；人生之明灯，处世之宝笈也。

夫人生一世，浑浑噩噩，受环境之熏陶，事物之习染，易趋堕落。日陷泥沼尚不自觉！是书之作，旨在指人迷津。盖浑浊世界，清高美境，依然可寻。尤以昏睡已过午夜者，天将晓，梦将终，往事结束容易，来日审判难脱！自身责任，他人不负分毫。气息犹存，宜加准备也。

抑尤有言者，道德、学问不可并论；于今之世，文化昌盛之国家，信义未必恪守，学识丰富之人士，品德未必廉洁。正义消沉，道德沦丧，此人欲澎湃，致宗教日趋没落故也。欲挽此颓风，舍昌明宗教文化莫属。《真境花园》于学术文化上之宏伟贡献，自不待言。其矫正人心，歼恶勉善，为人生谋两世之福祉，功莫大焉！

洎是书付梓，复承静老授命为序，噫！余何人乎？自幼失学，既未习读经文，汉学尤鲜造就。愚庸不文，遑敢于领袖前，率雨操觚，妄参末意！故余于著者译者，仰承教诲则可！而于是书为序云云，悚然不敢为也。然回教以遵奉阿林命令为信德之一，虽冒大不韪，亦应敬谨从命！因漫记所感，聊以塞责云尔。

唐震宇恭记于古都寒舍灯下

民国三十六年四月

译者自序

《古洛司汤》一书为波斯大诗人萨迪不朽之名著，传入中土殆已六百余年矣。各地经堂向以之列为正课之一，师弟传习历久不替。其在宗教上之价值自不待言。

“古洛司汤”意为“花园”，盖取涉足花园，驰目骋怀，园中一草一木，皆足怡心养性之意；然世间花园好景不长，秋风一至，景物全非。故著者序内诗云：“鲜花满盘何足奇，六日香褪色亦萎，试来吾园指一朵，芬芳不随四时移。”其自负才调睥睨一切之心理，殆可想见。故余移译之时，对于是书译名，初曾直译为《花园》，旋复易为《真境花园》，亦系取著者之本意也。

是书曩以辗转抄录致多谬误，兼之参考缺乏，译语与原意亦间有出入。迨光绪癸巳甲午间印度排印本《古洛司汤》注释输入后，承学之士，取而参稽校雠，而错误乃获矫正，疑义赖以了然。海禁弛后，东西文化交流更速，学术沟通，今之求学者诚易于畴昔也。尝于是书喜其文笔清新，命意纯正，且余夙好研讨近古文学，故尝于西国搜罗是书注释多种归，三复浏览，益我良多。嗣是更觉兴趣盎然。百读弗厌。

书中八章，为体不一。或叙事，或对语，或格言，或诗歌，大都在促进伦理道德，有裨世道人心，信非浅显。久拟移译以飨国人，卒以严于俗冗，意与愿违。歉何如之。

民国二十六年抗战爆发，辗转流亡，僦居沦市。尝从事移译《古兰》天经用彰教旨，爰于工作余暇，取是书译为语体，献诸社会，聊以发扬吾教真理道德，资为借鉴。于《回教论坛》半月刊陆续发表，历一年又九月，仅登载七章十七节，《论坛》因受空袭而停刊，遂不得与读者相见。嗣经诸友怂恿，印行单帙，校之报章易于保存，迫不得已，遂将草稿略事整理，付诸梓人，以满足大众期望。唯是译笔拙陋，尚希博雅匡正是幸。

王静斋序于故都新生旅馆

民国三十六年四月

著者小传

萨迪·穆斯利哈丁(Sa'di Muslihaddin)，波斯(伊朗)诗人也，为大贤阿里之裔，亦圣裔也。于一二一三年生于设拉子(Shiraz)，卒于一二九一年。幼年受教育于巴格达，嗣后埋首研究苏菲派哲学(Sufie Philosophy)。自一二二五年起，开始各地旅行，曾朝觐天房十五次，足迹所至，声名扬播，经三十年之长期旅行生活，以苏菲派之泛神论，远播遐迩。十字军攻陷耶路撒冷时被掳，至一二五五年，由阿拉伯某商赎归设拉子，并以女妻之。萨迪擅长文学，笔调新颖，亦庄亦谐，实开近代幽默体裁之先河。故其作品极为世人所推崇，而其本人亦被列为波斯四大文豪之一。生平著述，约二十二种，以《果园》(Fruit Garden)和《真境花园》[1](Rose Garden)二书最为著名。短章悲歌，无能比拟，凡以花园为题者，内容多为寓言哲理，或系诙谐文字；凡以树园为题者，多为诗体，旨在教育。萨迪殁后二十余年，有哈林登者，

① 亦译《玫瑰园》《蔷薇园》。

为之捐资付梓，稀世名著，赖以流传焉。

《真境花园》一书以散文与诗歌两种体裁写出。散文叙述故事，诗句含蓄道德训世箴意。该书共分八章，意在象征八条步登乐园之门路，为中西亚回教地区之学校读物，西欧各国多有翻译，故亦为研究波斯文化必可借重之资料也。

例　言

一、译笔采用语体文，俾读者易晓，自与解经口吻不同。文虽通俗，自信尚能信达也。

二、原书无关紧要之处概从删略。

三、每章各有标题，赅括全旨，其中分节仅冠数字，不复增加子目，以免混淆。

四、译者深愧不娴韵语，所有诗词，概译散文，聊以达意，不敢妄事造作，致乖原旨，并分段排列，以表原书真面目。

目录

缘　起

有一次晚间，我默思经过的光阴，自叹生平庸碌无所建树，不由地落下伤感的热泪。当时我就切合个人的现境，吟咏下列的几句话来：

寿限是时间减少的；
仔细思索，
所余无多了。
五旬已过而依然昏睡的人！
希望你要补救最后的五日。
所可羞的是：
将要起身了，
而尚未预备一事，
击起登程的鼓了，
而自己的驮子，
尚未系妥。
在启程的早晨尚做甜蜜的酣睡，

是阻碍旅客登程的。
凡是一位过往尘世者，
全要营造一个新的建筑。
临终的时候，
便把自己的居所送给别人了。
另一个又是这样地来回奔波，
但从无一人能够完成这个建筑。
你不要恋这个不长久的伴侣，
这个欺人的（凡世）是不可恋爱的。
善与恶全是人做的，
唯有夺取善的锦标，
是极可庆祝的。
你要带着德政入墓穴，
你去世后无有别的人替你送上前去。
寿限有如夏令的雪，
止能存在片时，
但是大人先生们也是依然受骗的。
徒手去到市间的人！
怕你临行的时候，
不能携去一块手帕吧。
凡是损坏自己田禾的人，
将来收割的时候，
必要捡拾他人的朵穗。

要而言之，在做如此沉思以后，我认为最妙不过的是静坐偏僻的角落，不再和人接近，更忌散言碎语，不说这些无谓的闲话。

聋着，
哑着，
口舌被割般的独自向隅，
强似语言无谓的人。

后来，有位旧友劝我闲谈，一如往常的态度，发言诙谐。我不搭理他，依然俯首静坐。他叹息着看着我说："在你可能发言的现今，兄弟！你要温和与嬉笑着谈话。因为次日大限已到的时候，不免你就封闭口舌了。"

我的一个亲戚对他说："这萨迪决意晚年静坐，不再发言了。如果你对他表同情，你也可去照办。"那人说："非至萨迪照常和我接谈后，我必不离去。"得罪朋友是愚昧的，罚赎誓约[1]是容易的。阿里的"租络飞戈尔"不出剑匣。[2]萨迪默然无语，是违背正义，反乎理智的。

才人！
口中的舌是做什么的？
它确是才人的库房门的钥匙。
在闭上门的时候，
外人安能知道，
他是个珠宝商或是卖绒线的呢？

寡言在知识分子固然是一种礼仪，

① 立意不与他人接谈有如发誓一样。一旦复与谈话，那就是为违约，理应纳罚赎。
② 阿里是先知穆罕默德的叔弟，"租络飞戈尔"是阿里的剑名。

但是在应该谈话的时候，
最好是尽力地发挥。
在该发言的时候闭口不语，
在应缄默的时候信口开河，
这是理智上两项不幸的事情。

至此，我不能再不搭理他，我以为执意不发一语太不近人情了。因为他是我契合的伴侣，诚实的好友。所以我不得不发言了。时当春节，寒冷的袭击业已消失，红花的好时光已然来临。

树上的绿叶披盖，
好像是一般幸运者在开斋节身穿的大衣。
时适哲俩来历[1]二月，
初旬的画眉站在嫩树枝的讲演台上高叫。
滴在红花上的露珠，
恰像嗔怒的美人鬓角上的香汗。

此辑存留若干年，
我们的每一颗星辰落到一个地方。
我们这样描写，
志在留下一个纪念。
因为我们瞧着这个臭皮囊[2]不会久存。
希望一位仁人，
有一天为着贫衲做个祈祷。

① 哲俩来历是古时一种历法。
② 臭皮囊指肉体言。

在长思以后，自觉对于编辑此书，排列章节上，顶好是不要拉离得过于冗长。所以这部《花园》，像“乐园门”似的分为八章。如此简略不至招人厌恶。

我们的好时光寓于其间的那个年代，
正是伊历六五六年。
我们意在忠诚劝世，
我们说罢而推给安拉，
扬长而去。

有一天晚上，我和一位挚友同在一处花园过夜。那花园是一可爱的、茂盛的、树株繁密的地方，恰像那地下砌着米那[①]石，那上空悬有七簇星珠串。

它是一座河水长流的花园，
它是一座禽声押韵的森林。
那一面满是各色红花，
这一面纯是各样果实。
徐风把五彩的铺陈展在它那树的影下。

翌晨，归心超过逗留的成见，我看那友人采集一兜鲜花，水仙花、石榴花，竟欲携到城市。我说：“园中的花无长久，花园的约无全信，这是你所知道的。一般明哲常说：‘凡属不久存的，莫要恋爱它。’”那位友人说：“那么，应该如何呢？”我说：“本人可能因为一般人的悦耳与现代的大众的鉴赏，编辑一部《真境花园》。秋风的手不能侵

① 米那是在麦加附近的一山名。

它的树叶，时代的循环不能以秋景的萧瑟变更它那春令的生活。”

一兜鲜花于你有什么益处，
你由我的园里采一朵花吧！
这类花仅存五六日，
我的这座花园是时常鲜艳的。

在我说出这话以后，他就倾了那一兜子花，挽住我的衣服，说：“君子言而有信。”即在那一日我便拟就一篇草稿。专论善交和对话的方式。此不仅对于谈话者的贡献，且使作家增进技巧。要之，园内的鲜花尚有余存，而我这《真境花园》，得安拉的佑助已然全部脱稿了。

第一章　记一般领袖的行径

一、说谎话救人一命

尝闻某一领袖，吩咐处决一个俘虏，这无奈何的人在那绝望的时候，破口大骂。常言说得好："人到生命将绝的时候，便信口吐出他心中所怀的一切。"

> 心人处到绝望的时候，
> 他的口舌就无所拘束了，
> 有如失败的猫，
> 向狗猛扑。
> 迫不得已势难逃脱的时候，
> 自然要手迎利剑的锋刃。

领袖问左右："他说什么了？"一位善良的辅臣说："他诵：'抑怒饶人的。[①]'"该领袖遂发慈心，赦其死罪。和前一辅臣相反的另一

① 《古兰经》第三章，第一三四节之一部分。

辅臣说："我辈当着领袖要说实话，这人确实辱骂领袖，大肆妄言了。"领袖听他所说，紧皱双眉道："他说的那谎话，比你说的实话更为我所欲闻。因为他的话是含有裨益的，你的话是绝对不良的。"一般才人常说："掺杂裨益的谎话，优于挑拨是非的实话。"

凡是在领袖跟前言听计从的人，
他那不说忠言便是违背正义。

法里东宫殿的高楼上记有这么几句话：

弟兄们!
世界于任何人必不久长，
你只可一心地倾向造物的主罢了。
你不要依赖今生的首席，
因为他训教过类如你的许多人，
而后施以杀戮。
当清洁的"灵"将要离去的时候，
什么是死在龙床上，
什么是死在土地上。

二、死不瞑目的某王

呼罗珊的某一领袖梦见马哈茂德[①]国王，这时候马哈茂德已然死去百年了。但见他二目依然在眼眶里转动着四望，一般哲士均不能解此梦。只有一位寒士脱口说出："这位马哈茂德还是眼看着他那归到别

① 马哈茂德（998—1030年在位），阿富汗伽色尼王朝第四任埃米尔。

人的国土咧。”

许多著名的人物被埋在地下，
他的躯体无一痕迹存留于世间。
阿努席拉旺[1]国王虽去世许久，
而他的美名永远不灭。
朋友！
你要多行善事，
你要把寿限当作虏获品。
勿待外间传说：
某人去世。
而后施行。

三、貌不惊人的小英雄

尝闻有某一太子身躯短小其貌不扬，他的兄弟们全都体魄雄伟而且容貌俊美，因此这太子常被他的父亲加以白眼。有一年，凶猛的敌兵压境，当两军遭遇将要对战的时候，那身先士卒催马前进的第一人，即是这个小儿，他高声喊着：

在出战的日子，
勇敢战斗的人只是牺牲个人的生命，
不战而退的却是牺牲全军的性命。

① 阿努席拉旺（Khosrau I Anushirvan，？—579年），即库思老一世，波斯萨珊王朝最伟大的皇帝，被誉为“不朽的灵魂”，531—579年在位。

他说罢这话，急向敌军扑去，一连杀伤几员敌将。相传敌军是不可胜计的，这一方面的人却是寥寥无几的。大家意欲潜逃，小儿又一声高叫，说："众男儿！努力！你们不要着上女子的衣服。"由他这句话，众骑兵的胆量大增，大家一拥而上扑向前去。听说就在那一天他击败了敌兵。父亲就把这个小儿抱在怀里，吻他的头与眼。自是以后，每天必要看看他，终致立他为皇储。兄弟们忌妒他，往他的食物里下毒药，其姊从楼窗一眼望见，遂敲打窗户。小儿会意，停止取食，说："如果有技能的人死掉了，笨汉来替代，那是绝对不可能的。"

世界上缺少凤凰的时候，
谁都被罩在夜猫子影下。

父王知道这样情形，唤来他的弟兄们，郑重其事地教训一番，为每个人指定了一个相当的区域去住。隐患从此消灭，不复再有争夺了。两个人能睡在一件毛氅里，而两个领袖不能同居一个国内。

若是信主的人吃半个面包了，
他能把那半个施舍给穷人。
一个领袖占据七大洲的时候，
他依然是在向往另外一洲。

四、贼娃子被赦

在阿拉伯地区有一伙土匪占据了一个山头，断绝旅客的路径。各个地方的百姓对于这伙强盗的扰乱颇感不安，官兵往剿，迭次受挫。并且土匪们在山顶上筑成了坚固的防御工事，作为自己的老巢。各方面的国家当局共商除此大害，都说："如果这类人就这么长久下去，恐怕往后就不易消灭了。"

扎根未久的树株，
可用一个人的力量拔除。
假使你如此弃置多年，
再想用滑车根绝，
亦恐难能了。
泉眼的水可用一锹土堵住它，
待其满井以后，
再拉过一头大象去堵塞，
亦恐不能了。

经大家表决后，遂选派了一个人去侦察，大家等候时机。有一次强盗们下山去打劫，贼巢无人守卫。探子告知消息，当局急派一队老练的勇士，隐伏在山环里。入晚，强盗们纷纷转回，携来劫掠物，卸去武装。移时铺下饭单坐地共餐，食后匪首先自入眠。迨至一更已过，伏兵突起，把那些强盗一一捆绑起来。次晨，押解入城，领袖吩咐一概处以死刑。内中有个儿童，尚未成丁。当时有位辅臣向领袖请求赦免这个儿童。领袖把脸一沉，不以为然地说：

凡是根基污浊的，
必不能接受好人的余光。
教养天生下贱的人，
有如在楼顶上打球。

最好不过的是断绝这类人的根基，因为熄火留余烬，杀蟒留蟒仔，这不是有识者所干的。

假使云能下了长生雨的时候，
你也绝不会从柳树上得着果子吃。
你不要对卑贱的人消耗光阴，
因为你从苇子上吃不着砂糖。

辅臣听到这话，说："主子所吩咐的话，是切实的。如果这个儿童以接近那般恶徒染上坏的习气，便和他们同污，而成为其中的一个了。但是本人深盼他能接近善良者，得到正当的教育，浸染一般识者的性情。因为他还是在儿童时代，那般人的恶性尚未深入他的内心。先知穆罕默德说过：'每一小儿全是依着天然的禀赋产生的，只是他的父母遵他信拜火教，基督教，犹太教。'"

努哈的儿子和恶人们同坐，
他那作圣的职务失掉了。
洞中人[①]的犬追随好人几天，
它便得到人性了。

他说罢这话，另有几个同僚也随声请求赦免这个被俘的儿童。至此，领袖允其所请，说："我饶他一死，但是我不认为相宜。"

你可知道伽赖对勇敢的鲁斯旦说什么话了？
你不要小看仇敌，

① 洞中人，指七人一狗的故事。

视为无能力的。
我常见泉眼的水是微小的，
及至涨多了，那便能冲去骆驼。

总之，这位辅臣就把被赦的儿童带到家里，特加优遇，并请来教师对他施以相当的教育，授以礼仪之道，怎样答复疑问，以及侍奉领袖的礼貌。在一般人的眼里也认他为可爱了。有一次这位辅臣尚在领袖面前盛赞这个儿童说：“识者的训教对他发生效力了，已往的愚昧渐渐退去了。”领袖微笑，说：

狼，
即便它和人类一同成长，
到底它依然是个狼。

五、一位军官的儿子

我在俄阑仕宫内遇见一位军官的儿子，他的聪明见解无可比拟，当其幼小的时候就表露出了一种伟大的行动。只因他的外貌俊美，智慧非凡，当时的帝王很器重他。识者尝说：“富是仰仗本领并不是仰仗资财。贵是借着理智并不是凭着年岁。”同僚们忌妒他，故造飞语，对他做无尽的陷害。

当契友爱护的时候，
仇敌是无可奈何的[①]。

① 凡得到安拉慈爱的人，仇敌的阴谋其奈他何。

有一次帝王问他："这般人为什么对你如此仇视？"他说："在主子的洪福之下，我能博得一般人的赞扬，独有忌恨我者，他们只是盼我倒霉。"

我能于不伤任何一个人的心，
但是我对忌妒的人无计可施。
这类人，
诚然是自寻苦恼。
忌妒者！
你死去吧！
必如此，
你方脱离这妒恨的痛苦咧。
厄运中的人无不希望一般发迹者失足。
诚如蝙蝠在光明的白昼什么也不能看到，
难道是太阳的光芒有什么罪恶吗？
如果你主持正义了，
你宁愿千眼瞎，
不盼太阳黑。

六、一个暴虐的皇帝

波斯的某一皇帝性好侵占百姓的财产，并施行虐政，弄的民众不堪其扰，纷纷逃亡。待至百姓减少以后，国家的收入自然减少，终至库空如洗了。此时敌人乘机而来。

凡是欲在艰苦的日子呼吁援救的人，

当然要在太平的时候施行仁政。
如果你不善待亲信的仆人，
他便去到别处。
你要仁慈。
若然，
则陌生的人也可成为知己。

有一天，我在王的面前读《列王纪》，读到佐哈克亡国暨法里东的朝代，一位臣宰向王问道："法里东原无有财力与武备，而他的国家何以那样巩固呢？"王说："有一班子人和他结为朋党，用群力来辅助他，所以他得到皇位。"那一臣宰道："群众的拥护是做王的缘由，你为何使百姓纷纷离散？想是你没有做王的念头吧。"

最好不过的是，
你极力地养兵，
因为帝王做首领，
只有仰仗着军队。

王说："应怎样地集结军兵和民众？"臣宰说："在国君须得施行仁政，必如此民众始肯来归；要普施慈爱，必如此民众得在国家的保护之下安居乐业。可惜你未做到这两件事情。"

凡是放弃正义的帝王，
他便自掘社稷的根基。
帝王不要以虐政作本领，
因为牧羊的人并不怕狼。

忠臣的直谏未蒙采纳，且遭王的白眼，更吩咐钉镣收禁。及经过好久的时间，该王的一个叔弟发动争夺，举行武力抵抗，要求恢复父亲的遗业。一般遭受昏王的虐政相继逃亡的民众，听说先王的皇子倡行革命，大家不约而同全来协助。未几，昏王失败，新王和民众联合一气奠定了国本。

凡是对于在下者惯行不义的皇帝，
当遇难的那一天，
他的爱友全是强有力的仇敌。
你要联合民众，
你要防备敌人的进攻，
因为民众确是做领袖的劲旅。

七、乘过海船的小儿

某王偕波斯的一个幼子同舟，小儿从未见过海，未经历过船的患难。先是大放悲声，继而周身颤抖。大家虽来安慰，而终不安定。王颇为烦闷。因为做王的骄性焉能受得了这类搅扰，但是亦无可奈何。船上有位明哲对王说："王若发令，本人可以施行一种方法，使他消声。"王说："好吧。"这位明哲命人把儿童投在海里任他潜水几次，而后大家揪住他的头发提到船的前面，他便双手抓住船栏。及登船以后，坐在一个角落，得到安然了。王不胜惊奇。他就问那位明哲："这其中含有什么真义呢？"他说："先前他未尝见过船的患难，他更不知道船上安全的程度。所以凡是遭遇患难的，方可知道怎样叫作安全。"

你这饱汉不以面点为食品，

在你视为丑恶的却为我所爱悦。
阿尔拉甫[1]在居乐园的人们，
认为是火狱。
你向住火狱的人问吧！
阿尔拉甫便是乐园。
伴侣是在怀抱，
和望眼欲穿的人，
自属有个区别。

八、波斯的一位先王

波斯的某一个国君年老患病，不再希望寿命长活了。一个骑兵突然走来报喜，道："我们借着主子的洪福攻克某一城池。敌人悉数被俘。那一方面的军兵和百姓通通都投降了。"王吸了一口凉气，道："不要给我报这个喜信，你去报给我的仇敌，就是那继承国土的人吧！"

平素我的心只是一味地爱钱，
可惜宝贵的寿限在这种欲望之下终了啦！
所企盼的固然达到了，
但是又有什么裨益呢？
因为我不复希望转老为少。

大限的手敲起登程的鼓！
两眼哪！
你们和头颅握别吧！

① 阿尔拉甫是乐园与火狱另外一个地方。

手心!

手腕!

两臂呀!

你们彼此相互告别吧!

我的好时光混沌着过去了,

我未干下什么善事,

你们应该防备呀!

有的人对霍尔木兹[①]说:“你看出来你父的臣宰们全有什么罪过,而竟悉数拘押。”他说:“我本不知他们有罪。我只知道他们的心对我怀着无限的骇惧,他们不甚信赖我的约定。我恐怕他们因着自卫而起义杀我。所以我尊奉一般哲士所说:

明达!

你要恐惧那恐惧你的人,

纵然你能敌对向你的百个人也罢。

你未看见过吗,

猫一旦绝望了,

它便抓老虎的眼。

蛇咬牧人的脚,

所因恐其用石块敲它的头。

① 霍尔木兹(579 — 590 年在位),即霍尔木兹四世,萨珊王朝国王,胡鲁斯·阿努席拉旺(库思老一世)之子。

九、参观礼拜堂的某王

昔时我在大马士革的礼拜堂内先知叶哈雅的墓侧坐静[①]，一个阿拉伯的好行霸道的君王进来参观，并举行礼拜和祈求。

主的仆人不分穷的富的均将隐伏在土。
人越富有他的需求越多。

当时他对我说："我希望你们这般道高德重的异人，对我的事情做一种主张，因为我是深恐敌人的凶焰的。"我说："请你要对弱小的百姓施惠。果然是这样，你必不畏惧强有力的仇敌了。"

用武力伤损无辜的好百姓，
是一个极端的错误。
平素恩待落魄的人，
不必忧虑跌倒的时候无人解救。
凡是种下不良的籽粒而盼望好的收获的人，
他那是徒费脑力，
自作莫须有的幻想。

你要仔细听着，
希望你公平对待世人，
如果你不主持公道了，

① 坐静，即是在礼拜殿内的一个角落，虔心静坐，不与人闲谈，亦称坐房角。

将必有收取公道的那一天。

人类一个是另一个的肢体，
因为他们在原造上是属于一个根本。
一旦有一部分肢体遭遇痛苦了，
其他各肢体亦必感觉不安。
如果你对于他人的遭遇不知忧虑，
那就不应该管你叫个“人”了。

十、哈贾吉王求人做祈祷

一位道高的修士在巴格达城被人发现了，有人报告了哈贾吉[①]王，王就把那个修士唤到跟前，说：“听说你的祈祷可获安拉允纳。希望你为我做个祈祷。”那个人说：“主啊，你取了他的命去吧！”王说：“这是什么祈祷？”他说：“这是有益于你，且利于回教大众的一种好的祈祷。”

性好残害下人的在上者！
这个市街[②]，
能可繁华几时？
统治全世界又有什么用，
你的死去强于残害世人。

---

① 哈贾吉(661—714)，伍麦叶王朝著名军事将领，692年奉哈里发阿卜杜勒·麦利克之命，率精兵攻占麦加，杀死僭称哈里发达9年的阿卜杜拉·伊本·祖拜尔，694年被哈里发委派为伊拉克总督，曾先后镇压伊拉克库法的什叶派和巴士拉哈瓦利吉派的反抗，并平定了东方各省的动乱。因他在平息各地动乱中大量残杀不忠顺者，故阿拉伯史学家称他为“残暴的尼罗”(尼罗为罗马帝国的暴君)。

② 指色世言。

十一、一位修士的讽刺

阿拉伯的一位昏王问一位修士："哪样善功最为高贵？"那人回答："睡半日，在那时候你不至于无端毁人。"

我曾见一个霸道的人睡半日，
我说：
这块祸害，
最好是被酣睡所制。
凡是熟睡强似清醒的人，
他的死去比较活着好些。

十二、穷人乐

尝闻某一君王以夜为昼地纵情逸乐，有次当他酩酊大醉的时候说："我生平从未遇到比这个时候更快乐的，因为我不愿考虑什么好与歹，更不忧惧任何一个人。"睡在房外的一位修士答言道："噫！你仰仗自己的洪福对世无忧，你要晓得，你无忧虑，我亦无何顾忌。"王笑了笑，遂把一千个银钱的布包隔窗递出，说："你展开衣兜！"修士说："我何从展衣兜，因为我原就没有衣服。"王听到这里，对于他的恶环境越发表示恻隐，另外赠赐一件大衣。该修士不久就把所得到的完全花光，落魄奇穷，复又转来。

财物在淡薄世色的人手里不能久留，

一如忍耐在恋爱的人心里，
水在筛子里一样。

当时有人把他的现状报告给了王，王不禁大怒。明达们常说："务须时刻防备领袖们的暴怒，因为在大多时，他们的心牵挂国家大事，不能容忍常人的扰攘。"

不深明白时机的人，
切莫领受在上的恩赐。
你未看出对方说话的动机的时候，
切勿以无谓的话减少自己的价值。

王说："这个不害羞的浪费的乞丐，在不多的这么几日，消耗这么多的财物。你们给我驱逐出去。国库是贫人的粮屯，不是恶魔弟兄的噉饭所。"

白昼燃着冰片蜡的呆子，
不旋踵你就看见他的灯在夜晚无油了。

一位忠臣说："主子！依我的见解，应把生活费分期地赐给这类人，免得他们浪费。王所主张的停止供给，实与仁人的立场不合。先是施惠使人希冀，后又以绝望致人悲伤。"

你不要自行开放希图的门，
当你开放以后，
再欲紧闭势所不能了。

谁亦未见过希贾兹[1]人集结在咸水畔。
凡是有甘泉的地方，
就有人群、飞鸟与蚂蚁相聚合。

十三、贫无办法背叛上峰

前代的某王不注意治国，任凭士兵感受痛苦。不料，强有力的敌人发现后，官兵通通都败北了。

你对士兵吝惜宝贝的时候，
他就不肯执剑在手了。
妙手空空的人，
怎能在战士的班次里施威呢?

那些背叛的人里有我一个好友，我就嗔怪他说："因着环境微须的一点变化，立就背叛其上司而昧多年的恩义，这却是下贱忘恩无才，不忍久谊。"他说："你若发慈心原谅我了，请你听我告诉你，我的马已经无草料了！我的鞍子典押了。故王舍不得把金钱发放给士兵的时候，在士兵们，就不消为他牺牲头颅了。"

你该把金钱赠给军人，
果然这样，
他就肯给脑袋；
你若不肯给他金钱，
他就满世界去跑。

① 希贾兹，是阿拉伯境内的一个地方，饮料缺乏，国人多感困难。

勇士吃饱的时候，
始肯做勇猛的进攻。
肚内空洞的人便就争先逃跑。

十四、无官一身轻

某一臣宰撤职后被投入衲士伙里，自从接近这般人以后颇受好的影响，内心极得安静。厥后国君对他谅解，委以要职，他就严词拒绝了。说："被免胜于在职。"

坐静"守分"的角落的人，
便能堵塞狗牙和人口。
撕破了纸，
损折了笔，
自然就摆脱咬文嚼字的人了。

王说："我们应该分别用才人来治国。"他说："不投身这类事情，方是才人的表现。"

凤凰所以优越群鸟者，
只因它吃骨头，
并不损害别的飞鸟。

十五、野猫与狮子

有人对野猫说："你为了什么胆敢跟狮子接近呢？"它说："为的

是吃它遗下的猎物，且仰仗它的保护不为仇敌所害。”有的对它说:“你既投到狮子的保护之下,且感激它的恩泽,那么你何不做进一步的接近,求它叫你入到它的伙里，列在特殊的仆辈一流。”它说 :“我对它的猛扑总是感觉不安的。”

祆教徒若燃火百年了，
一旦投入，
立刻被焚。

王臣希望金子，但恐有时候失去头颅。哲士们尝说 :“务要防备王的变态，有时不动声色地毁人，有时候谩骂着馈赠。”有人说 :“多才多艺在为人臣的是技能，在哲士们认为是白璧之瑕。”

你要守定自己的立场，
束身自爱，
该把游戏和聪慧让给别人。

我的某一位伴侣，有次向我抱怨自己运气不佳。他说 :“我的收入甚微，而眷属人口过多。我时常想要搬到别的地方去住，为的是任何一个人看不见我那生活的好坏。”

很多忍饥挨饿的，
谁也不知道他是个什么人 ；
很多的人命到垂危，
无人趋前顾视。

我所怕的，是仇人的称快。这般人在背后耻笑我，他们将我为着家眷的奔波视为无志气。及至眷属衣食缺少的时候，他们又说：

你勿睬那无刚毅的人，
他绝不能见到幸运的面貌。
因为他只欲自身安逸，
而不顾妻子饱受艰难。

关于簿记方面，你准知道我素有研究。如果借着你的面子，我能获得一固定的栖枝了，那便是我的安心之道，今后我至死也是要感激不尽的。我说："兄弟！供职于王的左右，当然不出两端：希望（饭碗）与害怕（丧命）。若为这样希望，而陷入那种害怕，绝不是识者可乐为的。"

无人走进贫民的家内说：
你纳田地和园圃的捐税！
或者你甘受烦恼与苦闷，
或者你把肺肝置在老鹳面前。[1]

那位同伴说："你说的这话，不合我的环境，你的答词不符我的所问。你未听说过吗？凡是不重信义的人，他的手便因胆怯而颤抖。"

正直是博主喜爱的缘由，
我未见过这类人迷了正路。
哲士们说过：
四项人受四项人的压制：

① 即是任人指摘。

强盗之于国君，
窃贼之于巡官，
地痞之于谗人，
婊子之于暗探。
账目清白的人不怕细算。

如果你欲在被革的那一天，
仇敌不至于为所欲为了，
则当服务的时候切莫骄狂。
你要自己清白，
兄弟！
你不要理会别人，
因为洗衣匠只是把秽布摔打在石头上。

我说："有个狐狸的故事。可与你的现状相合，有人见它跌跤爬滚奔命似的乱窜，路上的人问它：'你为何这样豕突。'它说：'我听说，有人猎捕狮子。'那人问道：'下贱的东西！你和狮子有什么相似之点？'它说：'你不要这样讲。设使一般忌妒者逞着意气说，我是狮子，我被人捉去，谁能解脱我？有谁探听我的状况？'等到由伊拉克取来化毒丹的时候，受了蛇咬的人已然死去了。在你固然是有学识，守教规，重虔恪，保信用的，但是一般吹毛求疵的人在隐伏着。如果他们对你的善行故作反面的宣传，你遭了王的谴责，到那时候，谁肯为你仗义执言呢？所以依我看，顶好是你坚守知足常乐的原则，不要想望做官。一般识者常说：

海中藏有无限的利益，

如果你欲平安了，
自可站在海岸。”

朋友听我这话，突然发怒，说出许多不堪入耳的言语。略谓：“这是什么理智见解？明哲有言：牢狱里的朋友有用，在宴会的时候，仇敌也可表现为友。

当享受的时候，
称为伴侣，
呼兄唤弟的人，
你不要认他为朋友。
我所视为至交的，
是当我失意与落魄的时候肯予援手的。”

我见这位朋友面色改变，是他对我的忠言发生误会了。隔日，我去到一位官长的跟前，借着先前有个认识，我就对他述说那位朋友的为人，求他代为谋一小小职务。后来果然给他谋了一件小事去做。经过一个时期，一般人们看他禀性温和且赞扬他办事敏捷，于是他的事业较前发展，他的地位也得到稳固了。自是以后，他的信心日益升腾，竟至达到了所想望的极高峰：得与君王接近，被倚为股肱。当时我也很喜欢他那环境的顺达。我说：

你不要顾虑不顺心的往事，
你不要再伤感了。
因为长生不死的泉水是在黑山的内部隐伏着。

常言道：遇难的人，你不要抱怨，因为慈主必将暗中加惠！

你对于光阴的循环，
不要哭丧着脸，
因为忍耐是苦味的，
但是它能结甘果。

当那一年，我和几位同人外出旅行。等到我由麦加转回的那一天，登上宦位的那位老友出迎两站路。我看他的情况衰颓，有如穷汉的模样。我说："你何以至此？"他说："一如你从前说过的话，一伙子人对我产生忌妒心，诬我有背义的行为。国王不考察实际，旧同僚以及契友们全不肯说直言，忘掉了素日的交情。

有人若依主的前定衰落了，
世人通要脚踏他的头颅。
当他们见他发迹的时候，
均来手抚着他的胸际，
一味地面谀。

总而言之，我遭受了各样酷刑。在这几天，往赴麦加巡礼者安然归回的消息传来，我才得以脱离羁绊。君王已把我的职务委任给别人了。"我说："前次你不纳我的建议。我尝说过为官如同航海，内含着危险和种种利益。也许捞上珍品来，也许死在旋涡里。我不以事后加以责备为相宜，故仅只发表这么简单的几句话：

你不知道吗？

在人们的忠告不入耳的时候，
不久你就会看见自己带上脚镣了。
如果你不能忍受巨蛇的螫咬，
你就不要把指头伸在蝎子窟窿里。

十六、为朋友代求资助

我有几个同伴，在外表上露着很体面的模样。某一伟人对他们非常器重，各个都得到他相当的资助。有一次这般人里有一个出现了不正当举动，那位伟人对他们的信任顿失，这般人的生活于是无着落了。我想设法恢复同人的费用，竟自往谒那位伟人，但是阍人不容我进门，且对我不讲礼貌。我只可原谅他。因为尝闻上等人说：

你未得到介绍的时候，
不要奔赴官长、臣宰、君王的门前。
狗和阍人每遇异乡人，
这一个咬烂他的长衫，
那一个撕破他的外褂。

正在僵持的时候，那位伟人的几个亲近看见我的情形，他们就恭恭敬敬地把我带引进去，让我坐在一个相当的高位。我因表示卑谦席地坐在下首，我说：

不要招待，
因为我是一个微末的奴才，
我只可坐在奴才的班次。

那位伟人说："安拉！安拉！[1] 这是哪里话来？"

即使你坐在我的头和眼上，
我也会接受你的狂态，
因为你是该放肆的。

总之，我就坐在一旁，拉扯几句闲话，而谈到同伴的现状，我说：

施惠于前的国君查出什么过犯来，
而致轻视在下的奴才。
唯有安拉伟大，
颇具涵养，
他亲见人们的罪恶，
而依然赐给食禄。

那位伟人听到这话，立即转怒为喜，吩咐照旧发给那般同人的生活费，并且追补前欠。当时，我一面表示谢悃，一面请求恕我冒昧，我说：

克尔白是巡礼者的朝堂，
所以远处的人不惧万里纷至沓来。
像我们这类人你要予以原谅，
因为任何一个人，
必不用石块射击无果子的树。

① 西人每遇可奇的事，或听到可奇的话，则曰安拉！安拉！

十七、疏财重义的皇太子

某一太子继承父亲的大宗珍宝，他就展开仁慈的手，尽量地施舍。对于军民无吝惜地大加颁赏。有一个臣宰向他进忠告说："前王努力贮积大量财宝，以备不时之需，你不要如此挥霍，因前途伏有许多祸患，后来的仇敌不知其数。现下如此浪掷，恐怕遇到必要的时候，则无法措手了。

如果你把一库财宝施给世人了，
每一个住户所得到的不过一个苹果之微。
你何不向每一个人捐一厘银子？
若然，
你能每日积聚一库。"

王闻其言大不以为然，说："安拉令我统治这一国家，我自己享受，同时更要周济别人。我不是更夫，竟自守更不睡。"

戈伦[1]贮下四十库金子，
终至消灭。
阿努席拉旺虽已身死，
而道下美名了。

① 《古兰经》中所载古代先知穆萨故事中的人物。拥有巨额财富，其宝库的钥匙连几个大力士也难于举起。由于为非作歹，怙恶不悛，终于遭到安拉的惩罚，"使他和他的房屋沦陷在地面下"(28：76—84)。

十八、公正的阿努席拉旺

相传有人在草场里为公正的阿努席拉旺猎捕一只牲，欲蒸烹而无器皿，那人派一童仆到乡间觅器皿去。阿努席拉旺王不允，说："拿钱去买，以免成为定例，村人不致被害。"大家说："临时讨一下器皿用，又有什么不可呢？"王说："世间强霸的根基，先是些微的。后来欲望渐渐增加，而致达到这种地步：

若是国王由百姓的果园摘食一枚苹果，
他的童仆便即根绝了树株。
由于国王认可强取的五枚鸡蛋，
他的军兵便用铁叉串上千只鸡子。

十九、一个谄谀的官吏

听说有某一长官拆卸百姓的居室，用作建筑王家的仓库，竟不注意一般哲士们所说："凡是摧毁下人而取得一个上人欢心的，将来安拉就以那人控制他，终至被其消灭。"

都说狮子是万兽之王，驴子为最下等的动物。但事实上，是负驮子的驴强似害人的狮子。

可怜的驴，
纵然是无识别的，
当它负起驮子的时候，

却是可贵的。

负苦的牛驴优越害群的人类。

我们还是言归那一奸臣的往事吧！据一般的传说，后来国王明白了他的一部分可贬的性情，吩咐给他带上桎梏，施以种种酷刑。

如果你不讨民众的欢心了，
国王的宠爱不一定永久可靠。
你若欲安拉加惠你了，
你就应当对世人行慈。

传有一个受过他压制的人在他那里经过，窃思他的恶环境说：

不大凡借着侥幸获得高位的，
便能用强权疯狂地侵吞人家的财物。
把整块的骨头吞在喉咙尚有可能，
只是入腹以后难免刺破了皮。
恶徒不能长期间的存在，
只有对他的诅咒永远不息。

二十、待机雪恨

某恶徒用石块击伤了某一个弱者的头部。这被压迫的弱者无有报复的实力，却暗中保存了那一块石头。后来那个恶徒触犯国王，至被掷在井内。那位受压制的人赶来，把石块砸在他的头上。恶徒问："你是什么人，为何向我投石？"他说："我是某人，这就是你在某年击我头的那一石块。”恶徒又问：“在这一向，你去到何处了？”他回答：“我平素畏惧你的权威。而今我见你落井，自知时机不可失掉。”

你所见的那些耀武扬威的小人，
在一般有良智的人，
只可曲意逢迎他。
在你没有搔人的锐利的指甲时，
最好是不要对恶人做反抗。
凡是和铁背人角赛的，
那却是自讨损折个人的银手腕。
你要坚持忍耐，
迨至时间束缚他的双手，
到那时候你就因为一般友人的称快施行报复！

二十一、一个聪敏的小孩

前代的某王患了一种不可说的重病，希腊的一部分医家全主张，非用具有如何如何情形的人胆，必不能治此病。继而就在一个农人家里得到一个儿童，恰是医家所言的那个情形。当事人唤来小儿的父母，以重资得其欢心。

法官判定，为保全王的生命杀死一个百姓当无不可。刽子手正欲开刀，小儿仰天苦笑。王问道：“在如此情形之下，尚有笑的余地吗？”他说：“儿女仰赖父母的爱护，遇有不平，请求法官评判，再进一步则请国王主持公道。而今我的父母只为图今生的一点小惠忍心致我一死，法官也判决杀我，国王更认为我死可能救活自己。这时候的我，仅可求主护佑罢了。

主呵！
我舍去你还能求谁拯救呢？
我若恳求公道唯有向你讨公道。”

国王一闻此言，立时心软，满眼垂泪，说：“我宁愿一死，切莫害此无罪的儿童。”说罢这话，遂就吻他的头眼，并把他抱在自己怀里。结果又赐给他很多财物，放他生还。有人说，未出那一周，王的病就得以痊愈了。

二十二、被捉的逃奴

阿慕尔·本·莱伊斯[①]的一个仆人暗自逃跑了，众人把他追赶回来。某一个臣宰和他有私怨，主张把他置于死地，以儆效尤。仆人以头碰地对王说：

你欲怎样处置我皆无不可，
仆人何敢反抗，
只有听命于主子而已。
但是为感激国君以往的恩惠起见，
我实不欲你在复生日，
因为杀我的罪过俱受责罚。
如果你必欲我一死了，
请你设法依教律杀我，
为的是在复生日不致遭惩治。

① 阿慕尔·本·莱伊斯（879—900年在位），伊朗萨法尔王朝第二任埃米尔。

王说："我如何设法呢？"他说："你许可我杀死这个臣宰，然后你再因为给他抵命杀死我。如此，你的杀我不为无故。"国王笑了笑。问那一臣宰说："你看应如何是好？"臣宰说："当今的主子！请你因为安拉举意，给先王做施济，赦免这个狡猾的人吧！免得他陷我于不利，这实在是我不智了。"

在你想向仇敌射箭的时候，
你当知道那如同是你自作箭挡。

二十三、苏赞王的一个忠臣

苏赞[①]王有一忠臣，对待同僚统是当面敬重，背后表扬。有一次他做了一件惹得国王不悦的事情，致被革职且遭惩治。当时有几位受过他恩惠的人，对他素怀感激，所以在他受难时期，全来安慰他，并竭力代为请求释放。

如果你欲对于仇人解怨了，
凡是在背后毁谤你的人，
你要在当面夸奖他，
坏话终是出自恶人的口，
如果你不欲他的话味苦了，
你得往他口上抹蜜。

后来国王对他有了一些谅解，只是依然未脱囹圄。传有邻国的某一君主暗中寄他一函，略谓："贵国的领袖不识伟人的价值，不知道深

① 苏赞，呼罗珊地区一城市。

切地器重。尊意若趋于我们这一方面了，我们必竭尽全力迎合你的意旨。敝国的伟人都盼望与你一会，并仰望你的答复。”被难的臣宰阅罢来书，立时就在原函的背面写了一个简单的答复。这个答复，纵使被人发觉摆在当面，也无妨碍。写罢交给来使。王的一个亲信得悉此事，遂就报告国王，谓：“你拘押的某一臣宰，与邻国的君王暗通信息了。”王闻说大怒，吩咐检查，有人早就捉来密使，搜出信件，阅读。见上面写的是：“尊驾对本人的想象确乎超过事实以外，所责成的投顺，本人万难领命，因为我是受着本国恩惠成人的，断不敢因少微的一点变动，而对旧主发生异心。”常言道：

时刻对你有好处的人，
如果他在平生只对你施行一次不义了，
你当原谅他。

这位臣宰的不忘旧恩，使国王倍感欣悦，当即颁发重赏，并表示遗憾谓：“这次我误会了，我无端地损害你了。”而这位臣宰说：“我未见得主子有何错误。安拉的前定是这样，奴才当然要遭受一次折磨的，借手我王，最为相宜，因为王对我有旧恩。”一般哲士尝说：

如果你遭逢世人的损害了，
你不要伤感，
因为快乐和苦楚，
全不是由人们造出来的。
仇敌和朋友的反对，
你要把它们当为出自安拉，
因为每一个人的心，

都在安拉的操纵之下。
纵然箭由弓上射出，
而识者视为出自拉弓的人。

二十四、不被穷困征服

尝闻阿拉伯的某一君主，对他的僚属说："你给某人增加半倍薪俸！因为他是时常侍奉我，听候我的命令的。其他一般侍从皆好娱乐，对于服务上诸多疏忽。"一个有心的人听到这话，不由地从内心发出一个呼声。有人问他："你看出什么了？"他说："人们在安拉御前阶级不同，就是这种情形。"

若有人接连着两早晨去侍奉国君了，
在第三天必定得到青睐。
虔恪的众仆，
唯希冀在安拉的御前不致失望。
获高尚的品级要在奉行命令，
违背命令就是失意的预兆。
凡是具有端人的风格的，
定要循规蹈矩，
不失礼貌。

二十五、欺贫谄富

某一好行不义的人，强买穷汉的柴薪，而白白地送给富家。一个有心人经过他的面前，说：

你是一条毒蛇，
你所遇见的人，
都要咬他一下，
或是一只夜猫子，
你落在不拘那里，
必要刨土。
你不要亏负地上的人，
以免哀呼达至上天。
如果你的力量能对我们行得开，
你对于知奥秘的主必定行不开。

那一恶霸不以此话为然，不肯接受他的忠告，且不睬他一眼。后来有一晚上，那人厨房的火落在柴堆上，把他的一切所有烧光。从前劝过他的那个人，途经他的面前，看见他对同伴们说："这火由哪里来到我宅里呢？"那人插言道："发自穷人的内心。"

你要防备悲伤的心烟，
因为无形的创伤卒底会露出头来。
你但得一步地，
也不要伤一个人心，
因为一度太息可能烧尽一个世界。
年久与长寿算个什么，
世界上的人是统要入地的。
国权轮到我们手里，
将来还要照样落到别人手里。

二十六、师徒角赛

有一个人对于摔跤的技术颇有研究，能运用三百六十个手技，每日施展他的一项技能与人角赛。他有一个最得意的徒弟，曾被他教授了三百五十九个手技，唯有一个招数，迟迟未教他破法。总而言之，小子对于体力和技术上的运用达到极处了，当时的人无一能够抵抗他的。有一天，他在当代国王的面前夸口，说："老师所优越我的地方，不过是他年长，我受过他的教导。不然的话，论体力，我不是不如他。说到技术上，我和他相等。"王很不爱听他这话，吩咐叫他师徒角赛。预备了一个广场，约请一般伟人和当地的一切力士参观。这时候小子像疯象似的，猛扑他的老师。看那情形，直似遇到铜山，也能把它拔起。老师明知道，青年人比他力大，他就施用所密藏的那一着特别的技术抓住小子。小子不知破法，无可应付。老师遂用双手把他举起，摔在平地。观众欢呼雷动。王一面吩咐厚赏老师，一面呵责小子，说："你的本领尚未学到十成，而居然敢和老师相抵抗。"他说："当代的君王！老师并未以力胜我。他只是用那留下的一点巧技得到胜利。平素他不告诉我破法，所以今日之下他就利用那一着战胜了我。"老师说："我留下那一着就为预备这一天。尝闻一般伟人说：'你不要把自己的力量完全给你所喜爱的人。防备后来他反目的时候，你能制服他。'你岂未听得对于自己教育过的人所伤心者说出来的话吗：

呀！
世间本无信约，
呀！
恐怕在这个时代没有人能肯全信。

凡是向我学射技的人，
终究要把我当成箭挡。”

二十七、穷人谏君

某寒士赤着身体坐在郊外的一个角落里。当代的君王经过他的面前，寒士因无所求，一睬不睬。王仗其淫威勃然大怒，说：“这个着衲头的人，和畜类一样，不知道做人。”一个随臣走到那寒士面前说：“当代的国君经过你的面前，你怎么就不知道恭敬呢？”寒士说：“请你对国王讲，仰望王的赏赐的人，才宜乎命令他来恭敬。再有一说，国王是保护百姓的，百姓不是应该伺候国王的。

国君的洪福纵然是黎民的安居之由，
但国君总是黎民的更夫。
羊群并不是为侍奉牧人来的，
牧人实是伺候羊群的。
当预定死期既至的时候，
皇上和奴才有什么区别呢？
若有人掘开死者的坟墓了，
他必认不清哪是贫的，
哪是富的。”

寒士这番话在王听着很以为然，说：“你对我有什么要求吗？”寒士说：“不，但盼你下次不再挤对我。”王说：“请你规劝我。”他说：

就着今日大权在握，

你要多施仁政，
因为这个权柄是有轮流性的。

二十八、怕人与怕主

一个人来到埃及的祖伦[①]长老跟前，苦闷地说:“我日夜服侍国君，希望他的施恩，同时更害怕他的罪刑。”祖伦听他这话，遂就放声大哭说：“如果我怕安拉，一若你的害怕国王，我便成为上等信士了。

若不是盼望安乐，
害怕苦楚，
穷人的脚步必能登到天上去。
若是臣宰怕安拉，
有如怕君王，
他必成为天使一类。”

二十九、某王欲杀一无辜

某王吩咐杀一无辜，那人言道：“国君！希望你不要因为对我发怒，而贻害自己。因为对我的这种罪刑不过一个时间就告终结了。你那无端杀人的罪恶，恐怕要永久去不掉。

生存的时间就像东风似的过去了，
苦乐与丑俊均不长久。
行恶事的人自以为害及我了，

① 祖伦，九世纪埃及苏菲派长老。

其实是他自己受害，
对我们而言只是一过罢了。”

皇帝接受他的谏言，遂就饶过他了。

三十、专制时代一般臣宰的心理

阿努席拉旺的群臣，为国家某项要务彼此讨论，各抒所见。阿努席拉旺王个人亦发表他的意见。结果由首相采取王的主张了。群臣暗中对首相说："你怎么就以王的主张取代这么多哲士的见解呢？"首相说："此事演变到什么地步，刻难预料。大家全在犹豫不定，所主张的也许对也许不对。附和王的主张最为相宜。将来失败的时候，我们不致因为追随他而遭责备。因为一般伟人常说：

违背国王的旨意独做主张，
即是用个人的血洗手。
若是他指着白天说：
这是夜间。
你就说：
这不是月亮和算盘星吗？"

三十一、骗局暴露

一个梳发辫的阿里党[①]，偕希贾兹国的商队进入某一城市，表示刚

① 阿里，伊斯兰教历史上第四任哈里发，也是先知穆罕默德的四大贤配之一。在波斯有一伙教徒敬重阿里过分。此辈统称为阿里党。蓄发留辫装束格别。

由朝觐麦加天房归来。他把一篇杰作献给国王，自称是他的创格。王大悦，优待他，并赐给重赏。当时有位臣宰刚由海外归来，说："这人，古尔邦节时我在巴士拉的一个地方遇见过他，可见他未赴麦加巡礼。"另一个人说："我认识他，他父亲是马耳他地方的一个基督教徒。他怎么会是阿里党呢？他那篇杰作，载在安瓦里[①]的书上，那当然不是他首创的了。"王冲冲大怒，吩咐重责他，并把他驱逐出去，说："你为了什么造出这么多诡话。"他说："当今的主子！在我尚有一句话想对主子说。如果说得不对，任你随便责罚，我情愿接受。"王说："什么话呢？"他说："多经世故的人，全都好说谎言。"王笑个不停了，说："大约你生平没说过比这一句再诚实的话吧。"言讫，吩咐把他所盼望的赐给他，他就笑嘻嘻地走去了。

三十二、不消舐犊的哈王

哈伦·拉希德[②]王的儿子面露着怒容，跑到父的面前，说："某军官的儿子提我母亲骂我。"哈伦·拉希德问群臣说："应如何罚办此人呢？"一位臣宰主张治以死罪，另一主张割舌，更有的主张放逐。而哈王则说："儿啊！最好不过是你饶恕他。如果你气愤不出，你亦骂他妈，而不至于越过限度。因为事先必是由你招惹，结果你来告状。

一般有才识者皆不以对疯象行讨战的为好男儿。

确实说：

① 安瓦里（？—约 1187），波斯著名诗人、学者。

② 哈伦·拉希德（786—809 年在位），阿拔斯王朝第五任哈里发，因与法兰克的查理曼大帝结盟而蜚声西方，更因世界名著《一千零一夜》生动地渲染了他的许多奇闻逸事而为众人所知。在他统治的 23 年间，国势强盛，经济繁荣，文化发达，首都巴格达成了阿拉伯帝国的政治、经济、文化中心和文人学士的荟萃之地。

好男儿是当暴怒时候不发妄言的。”

三十三、兄弟落水一人得救

我和一伙伟人同乘在一只船上。有只小舟在我们后面沉溺下去，当时某兄弟二人落水挣扎。一位伟人对船家说：“你把这两个人打捞上来，我对着每一个赠你五千金钱。”船家下水，仅捞上一个，那另一个被淹顺水而去。我说：“总是他命该如此，所以你对于捞他上动作迟延，你仅只忙着捞这一个了。”船家笑了笑，说：“这话诚然不错，但是内中别有一个原因。”我说：“什么原因呢？”他说：“我满心地愿意打捞这一个，因为有一次我在郊外走乏了，他让我骑在他的驼上。那一个我在幼小的时候吃过他一鞭子。”我说：“尊大的安拉说得不错：作善举的人利他自身，作恶的人害他自身。”[1]

但得一步地，
不要伤人的心，
因为在这个路途上有好多荆棘。
你要救济有需求的寒士，
因为在你也有些个事情。

三十四、同胞兄弟一贫一富

某兄弟二人，一个为公家供职，一个以劳力谋生活。这个富者对那一个穷的说：“因何你不去供职，免得饱受这样苦楚？”穷的说：“因

① 见《古兰经》第四十五章，第十五节。

何你不去劳力,而脱开侍奉国君的卑贱。因为一般识者说过:自食其力,强似腰盘金带站在一旁,为人做侍从。

亲手去和热石灰,
强似在长官面前置手在胸。
肚内糊涂的人哪!
你要以得到一个馍馍安分,
不可因为侍奉上人前去俯腰。
有些人把宝贵的寿限用在:
我夏天吃什么?
我冬令穿什么?
我本是皇帝:
我何必再去侍奉皇帝,
我不消为着两个馒头去伺候下贱的人。”

三十五、报信碰壁

一个人向公正的阿努席拉旰报喜,说:“安拉取了你某一仇敌的命去了。”他问:“你听说安拉能容我不死吗?”

若是我的仇敌亡殁了,
我有什么可喜的地方,
因为我的生存也是不长久的。

三十六、某首相的推诿

一伙哲士在库思老[1]王面前共商一桩重要事件。首相默无一语。大众问他，为何一语不发？他说："群臣有如医家。医生对病用药。在我认为你们的主张切当的时候，我再多说，那有什么奥义呢？"

在不需我多言，
事必成功的时候，
我就不应再说了。
当我看见盲人将落井的时候，
如果我不发一语地坐视，
那却有罪。

三十七、哈王视国如敝徒

当哈伦·拉希德做埃及王的时候，他就说出和自称为王的叛逆"法老"不同的一句话："我唯把这个国土转赠给最下等的仆人。"他有一个黑奴，名叫胡塞布。他就把国土白白送给他了。传这人的知识见解达到这样地步：埃及国农民向他诉怨说："我们在尼罗河岸栽种棉花，不该下雨的时候遇雨，全都损失了。"他说："那么，你们何不栽羊绒呢？"一个识者听他这话笑着说：

人的食禄会依知识得到增加，

① 库思老，即阿努席拉旺。

世界上再没有比无识的人食禄更狭窄的了。

安拉赐予糊涂人食禄，有时使识者莫名其妙。幸运与洪福并不在乎知识，那只是仰仗天助[①]。世界上许多无识的人居高位，识者反无人重视。炼丹的人闷极而死，而贫汉能在残瓦败栋里觅到宝藏。

三十八、一个中国的婢女

有人把一个中国的婢女献给某王。王当酩酊时想与其同房，婢女峻拒，王大怒之下把婢女转送给一个黑汉。那人的上唇翻过鼻尖，他的下唇垂至衣领。他那副容貌若被凶神撞见，也要逃避的，他那腋下的奇臭好像是铜泉外滴。

好像直到复生日面丑以他为终点，
就如优素福[②]的美丽无以复加。
他这人其貌丑不是言语可能形容的，
他那腋下好像是夏天太阳之下的臭死狗。

据传就在那一夜黑汉受着性欲的冲动，竟与婢女实行交媾了。翌晨，王讨婢女不得，有人据实禀报。王大怒，吩咐把婢女和黑汉绑在一起，从城楼子上抛到壕底。有位忠臣面目伏地求赦，道："这事于黑汉原没什么过错。奴才们全是仰赖主子的怜恤的。"王说："如果他延迟一夜，不与同房，那有什么不可呢？到那时候我必把超过此婢的代价赏给他。"臣宰说："主子所吩咐的，诚然。但是你未闻哲士们说过吗？

① 波斯人称真宰为"阿司玛尼"天。
② 优素福，即《圣经》中的约瑟，是一位著名的先知，为古今全世界第一美男子。

干渴的人抵达活泉的时候，
你以为他还顾到疯象吗？
在空房子里守着筵席的不明教理的瞎汉，
谁也无法理解他尚念及钦斋月[1]。”

王闻此趣话，转怒为喜，说：“我把黑汉赐给你，我对婢女应该怎样处置呢？”臣宰说：“就把她赏给黑汉好了。因为狗吃剩下的还就给狗吃。

爱人若去到不相当的地方了，
那就万不可再爱她了。
干渴的人从心里头不欲喝臭嘴饮下的清水。”

三十九、亚历山大的豁达

有人叩问罗马的亚历山大：“你依赖什么占领东西方的各城池。前代的各君王论才力、寿限、国土、军兵，全都比你这时候强大很多。想如你这么开拓，全未容易做到。”亚王说：“凡我借着安拉相助所占领的国土，我绝不伤他的百姓，我对于一般君主均加称赞。”

凡是毁辱伟人名誉的，
在识者必不承认他是君子。
幸运、高位、权威、操纵，
眨眼就过，

① 钦斋月，即莱麦丹月，是回教人奉天命封斋的月。

这一切全是虚无的。

切不可毁先人的名誉，

果如此，

你的名可得永久存在。

总　评

在民权发展的当代，追述神权君权并用时期的掌故，固于今法律人情多不吻合。然而，其每一故事含有浓厚的暗示，不无可取之处，故贡献给读者，以资借鉴。全章命意不外：

（一）在神权君权并施时代，帝王视国家为个人的基业，任意操纵。一如先总理述法王路易十四所称："皇帝和国家没有分别，我是皇帝，所以我就是'国家'。"（见《民权主义》第一讲）在中国由秦始皇谈起，在外国由路易十四说起，全是这样，而早年的西方回教各国亦不例外。现在是民主时代，由一人一家专横的流毒已经消灭殆尽。任何国家的元首，均应以民众为国本，不得假名民权，而行君权或神权之实。一国的领袖好像是百姓的更夫。（一如《二十七项》所记）民众虽在他的保护之下安居乐业，而不得视民众为奴隶，自居主人翁地位。此所以《古兰经》上暗示神权君权民权并重之原理也。执政者不可不知。

（二）最高行政机关之辅佐人，事事务求忠实，既不媚上欺下，也不卖国求荣。（一如《二十二项》所记）

（三）百姓要具有自卫的精神。法律范围以内的种种自由，不受他人干涉。对于国家当局既无所骇惧，也不怀任何希望。（一如《二十九项》所记）倘遇无理的压迫，要以不屈不挠的精神，相与抗衡，据理直争。在君权时代的弱者尚敢如此，值兹民权发展之秋更应尔尔。

（四）国基巩固之道，重在统治者善待民众。（一如《二十八项》所记）

上所列举的四项，乃是本章的要点。其余含义尚多。读者可以就每项故事，细加玩味。此虽旧时代的陈腐遗迹，但究于世道人心不无小补。

译者附志

第二章　记一般修士的品性

一、妙语答客问

某伟人问一位修士："某一道学家，有许多人说他的闲话，你对他做什么批评呢？"他说："我在他的表面上看不出疵点，对他的内部莫明其肺肝。"

你所遇见的着修士服装的人，
你就把它当作修士，
视为好人。
如果你不深知他内部盛些个什么，
巡逻的人对于内室有何责任呢？

二、义人应具的态度

尝见一位寒士，头触克尔白[1]的门槛，哀告着说："恕罪的主啊！

① 即麦加天房。

多慈的主啊！你确知道，愚鲁无知的人能有什么善功？

我对于侍奉（安拉）达不到相当的地位深表歉意，
因为我缺少功修的能力。

一般罪人忏悔罪恶，一般认识（主宰）的对于功修上祈求宽恕（以自知未做到十成）。功修的人求善赏，营商的人讨货价。我这微末的仆人，只存仰望（盼望安拉饶恕），无所谓功修。我来，只为乞讨，并不是做营生。主啊！你对我行所以行的！主啊！

你诛戮我也能，
你饶恕我也能，
我只有五体投地地服从。
在仆人无何要求，
凡你吩咐的我全接受。

我在克尔白门首瞧见一个乞丐，
他痛苦地说：
主啊！我未说你承纳我的功修。
我只说你勾销我的罪恶吧！”

三、怎样祈求安拉

有人看见阿卜杜勒·卡迪尔·吉拉尼[①]，在克尔白禁地面伏着沙石说：

---

① 阿卜杜勒·卡迪尔·吉拉尼（1078—1161），伊斯兰教逊尼派罕百里学派法学家，苏菲派卡迪里教团创始人。

“主啊！你饶恕我吧！如果我必定受罪行了，在审判日你叫我盲目着复起，好叫我看不见善人的佳境，以免越发惭愧。”

每届五更天记念你的时候，
我就面部伏着地说：
主啊！我绝忘不了你，
你想念你的这个仆人吗？

四、仁人的作风

一个窃贼溜进一位寒士的卧室，各处搜索，一无所获。偷儿很是扫兴，寒士了然，遂把身着的一件毛衣掷在贼人必走的路上，免得他徒手而归。

你未听说过吗？
安拉之道上的男儿，
绝不使得仇人心窄。
对朋友做反抗与争执的你，
在几时能达到这种地步。
君子的情威，
无论当面背后都是一致的，
绝不会背地里胡说八道，
当着面装死。
当着面像是一只顺服的羊，
背地后如同一匹吃人的狼。
凡是当着你述说别人坏话的，

无疑要当着别人谈你的短处。

五、假君子

几个旅客结伙游行,同甘共苦。我欲搭伙偕往,他们全不同意。我说:“恐怕穷汉沾光,拒绝偕行,这是君子不应有的行为。”究真说,我这人最有自知,且在服侍人的上极肯负责,必不叫人分心。常言说得好:

如果我无有代步可乘了,
我就为你们背着行李跑。

内中有一个人说:“你听到那话,不要悲伤。只因这些时,不断有贼人装作寒士的模样,跟我们打成一片。

人们安能晓得,
衣服里头全是什么人。
书籍可能知道册子上所写的是什么。

只因一般寒士全重体面,谁亦未料到他有意外情形,所以大家就认可与他结伴同行了。

世外高人的表面,
仅是一件衲头,
如其是一个垢面的,
这一点也就足以了。

你要加强修养，无论穿什么衣服都不妨随便。既可戴冠，也可披袍。做修士要弃绝尘世——欲望和嗜好，不仅在戒穿俗人的衣服。战袍唯有勇士穿它，武器在半男半女的人手上有什么用处？

我们偕行了一天，入晚，大家就在一座城墙下睡着了，那个没德性的偷儿携去伙伴的一把水壶，说是拿去做小净，没料到他一去不返。

你看这类身披衲头的修士，
他胆敢把克尔白的幛子做成驴屉子。

那个贼小子离开这群寒士后，又走进一座宫殿，窃去一只香炉。隔了一夜，他就已然趁着黑夜走出一站路了。无辜的同人全在熟睡，早晨大家均被捕进城里。受责以后，押在牢里，自从那年，我们不再和人搭伴，我们选择静僻的路子了。常说：独身可获平安。

大众里若有一个人做了一件不名誉的事，
上下的人们全都降低了资格。”

我说：“感赞主，他叫我沾润一般寒士的光了。现下表面上我虽得不到伴同你们，毕竟我尚能借你们述说的这般故事，得点益处。人生一世，像这种忠言更能有益于类如我这样的人。

只因场面上有一个不够格的，
许多明白人感觉痛心。
若是满池子花水落下一条狗去，
那池子立刻就变成茅坑了。”

六、装模作样

一位世外的高人到一位君王王宫里做客。同坐共餐，故意少吃。及至起来礼拜，特别多礼，为的是大家对他增加一分认识。

居沙漠的人哪！
恐怕你走不到克尔白去，
因为你面向的路子，
是往土耳其的。

归家后，他就吩咐展开饭单用餐。他有个儿子，人很聪敏，说："爸爸！你刚才不是在王宫用过饭的吗？"他说："是的，但是我当着他们所吃的，全不中用。"他儿子说："那么，你礼过的拜也要重礼。因为你那礼拜也未礼到是处。"

把长处托在掌上，
把短处夹在腋下的人哪！
看你这欺人自欺的，
要在落魄的那天用假银子买些什么？

七、不要尽看人家黑

记得我在幼小时候功修，夜间起来做祈祷。经常重淡泊，守虔恪。有一晚上我为服侍父亲久坐不眠，怀抱着尊贵的天经。当时有一伙人围着我们酣睡。我对父亲说："这些人没有一个抬起头来礼上两礼拜的。他们糊涂睡熟恰像是一堆死人。"我的父亲说："爸爸的生命啊！如果你也去睡熟，那强过了毁谤别人。"

强词的人仅看见他自己了，
他把揣度的帐幔垂在自己眼前。
如果你蒙赐望见安拉的眼了，
你便看不出任何一个人不如你自己。

八、面谀过度反遭斥责

有一些人在一次会餐的席上夸赞一位伟人，尽力地赞扬他的美德。那人抬起头来说："我是自知己身是个什么人的。

述说我美德的人哪！
你实在不必表扬我，
你说的这个，
是我的表面。
我的内部藏些什么，
你不知道。
我的躯体在一般人的眼里看着很美，
我对于自己内部的污浊羞得不敢抬头。
世人赞扬孔雀，
以其具有天然的锦羽。
而它却因自己的丑爪时常含羞。

九、一位义人的慷慨陈词

黎巴嫩的一位义人，这人在阿拉伯区域很有地位，颇享盛名。有一次他走进大马士革的总礼拜堂，在库拉赛池子边上做小净，脚底一滑摔倒在池子里，费了很大力气，才由小小地方逃出来，及至礼罢了拜。有位朋友说:“在我怀着一种疑问，如果你许可提出，我就请教。”他问:“什么事呢？”那人说:“我记得有一位长老在西海面上走，他的脚居然未湿。今日你是怎么啦？在这一人深的水里，竟自这么样地挣扎。”老者低头参悟了一时，在深悟之后抬起头来说:“你未听得先知穆罕默德说过吗？‘我和安拉约定了一个时间，在那时候，接近的天使，与担负使命的先知，不接容于其中。’先知穆罕默德未说：‘时常是这个样子。’在他所述的这个特别时间，他顾不得吉卜利勒与米卡勒[①]，在别的时候则与哈芙赛、栽娜卜[②]周旋。‘义人的望见（安拉）是在显隐之间’，有时显，有时隐。”

有人问那位失子的人[③]，
本质光明有才识的老者!
你远隔着埃及，
就闻得他那大衫的气味了[④]。
他在迦南井里的时候，
你怎么就看不见他呢？[⑤]

① 两位天使名。
② 两位圣妻。
③ 叶尔孤白，即《圣经》中的雅各，其子为优素福。
④ 闻得优素福大衫的气味。
⑤ 指优素福被诸兄投入井中的故事。

他说：

我的情况如同光耀的闪电，

一时显一时隐。

有时候我坐在高楼上，

有时候我还看不到自己的脚背咧。”

十、对糊涂人讲话不生效力

有一次我在巴勒贝克[①]城的总礼拜堂里用劝告的方式，对一般心地糊涂、不能借色世达至妙世的死人说了几句话。言不投机，烈火燃不着湿柴，等于给盲人照镜子。谈话中引证到这段天经："我们比静脉管更接近他们。"我说："安拉比我接近我，更进一层。"说我离他好远，这却是一个疑问。谁能说："他在我怀里，我是离开他的呢？"我说完这话以后失去知觉，正在余言未尽，忽然有一道家当场走过，他受了末后一句话的感动，大喊了一声。别的人也都附和他喧哗起来。僵死的场面立时变为生动的局势。我说："颂主清净！有识的远人是在当面，瞎眼的近人是离远的。"

在听话的人不解悟所说的时候，

你不要向发言人讨接受的能力。

如果你扩大欢迎的广场了，

说话的人便就夺去了锦标。

十一、该迈过的时候不要驻足

有一晚上，我在麦加的郊外由于夜间失眠疲惫了，我放下头，对

① 巴勒贝克，黎巴嫩中部贝卡谷地中的城市。

驼夫说："你们不要管我了。"

穷人的脚步行了几站，
就像负重的驼似的疲乏了。
粗胖的身体瘦弱了，
瘦人饱受磨难累死了。

驼夫说："兄弟，禁地是在前面，强盗是在后面，如果你往前走，便就到了，你若贪睡，可就死了。"

在登程的夜里，
在荒郊的大路上，
睡到森林的下面，
固然很觉美快，
但是恐怕要丢掉性命。

十二、病中的醒悟

我在海岸边看见一位修士，身有被虎咬过的伤痕，医药无效。患病好久，他尚时常感谢安拉。有人问他："你感谢什么呢？"他说："感谢的是我受尽患难的折磨，却未受罪恶的污染。"

若是那位高贵的伴侣[①]吩咐杀我了，
你不要说：
我在那时候，

① 指安拉。

还意存惜命。

我只说：

无能为的仆人犯下什么罪了，

而致饱受痛苦。

我只忧虑这一点。

十三、寒士偷窃寒士

一位寒士遇不得已，由一个同伴家里窃出一件毛衣。法官判决割手，把他驱逐出境。失主代为请求免罪。法官说："我必不以你的告赦废弃教律。"失主说："你所说的这话是对的。但是凡偷窃公有物的，不应受到割手的刑罚。穷人一无所有，凡在穷人手中的却是一般有需要的穷人的公有物。"说到这里，法官未再深究，他就责备那位寒士说："这么大的世界，你怎么单偷同人的东西呢？"那人说："你未听说过吗？你宁扫朋友的房，不要叩仇敌的门。"

一旦你遭逢困窘了，

不要自馁。

你欲从仇人身上拔一根毛，

终不如夺朋友的一件皮袄。

十四、不拍有权者的马屁

一位君王看见某一修士，说："你时常想念我吗？"那人说："不，除非我忘了主，我才能想起你来（只是对安拉无时或忘）。"

凡是被安拉驱逐的人自然要随处奔波，
安拉不会让所召唤的人跑到别人的门前。

十五、无实际的功修不算个什么

一位义人梦见某昏王居乐园，某一修士堕落在火狱。他就问道："这一恶人得到如此高位，那一善者惨遭火刑，究竟是个什么原因呢？这实在是出乎一般揣测的。"有人喊道："这位国王因为喜爱穷人得进乐园，那位修士以接近昏王坠入火狱了。"

毛衣、念珠、补缀的旧服有什么用处，
你要使自己远离可贬的行为。
你无须戴上有几个辫的帽子。
如果你具有寒士的良性了，
你亦可戴鞑靼的帽子。

十六、乐天派

一位旅行家赤身裸体着，偕同一般希贾兹的旅客出离库法城。我看他没带什么行李，且大摇大摆地走着说：

我不是骑驼的，
也不像骆驼被压在负重的下面，
也不是百姓的主子，
也不是城市的长官。
我无什么患得患失，

我安逸着呼吸逍遥一世。

一位骑驼的富人说："修士！你要去哪里？回转去吧！不要难为死。"他不听，依然足踏着旷野前行。我们抵达先知穆罕默德的枣园的时候，那位富豪的寿限到了。修士面临他的枕边说："我们未曾难为死，你骑驼的人将要溘然长逝了。"

一个人整夜地守护着病人落泪，
第二天他死了，
病人已得痊愈。
常见快马走乏了，
而瘸驴安然抵达目的地。
很多时候，
我们把身体健康的人埋在土里，
瘸伤的人依然存活。

十七、作假伤身

某一国君邀宴一位修士，这位修士窃思："我得吃些药，透出有病的样子，盼望国君对我越发有好的印象。"有人传说他吃了一种毒药，遂就呜呼哀哉了。

有些个人在我们认为，
他好像银杏是满仁的，
其实他是皮包皮的葱。
倾向人方面的功修者，

如同背向朝堂礼拜。
仆人确实认识安拉的时候，
应该不知道安拉以外的。

十八、忠言无济于贼子

一伙子强盗在希腊劫掠几个商客，抢去好多财物。客人们大哭大喊，指主指圣求情，频频央告，结果未生效力。

性灵混沌的强盗一旦得意了，
他如何会理会客人的哀哭呢？

鲁格曼博士适在那些看客之中，一位客人对他说："希望你劝导他们，或者能给我留下一点。因为这么多的财物悉被劫去，未免太可惜了。"博士说："但是，对这班子人说正经的，也属可惜啊！

吃住锈的铁，
你不能用砂布磨去它的锈。
向黑心人进忠告有什么益处呢？
铁钉子钻不进石块去。

我以为总是我们自身有不到处。

在承平的时候，
要提拔衰落的人，
因为穷人心内的祝祷，

可能释去患难。

乞儿向你哀求一点东西的时候，

你要给他。

不然，难免要被暴徒强行夺去啊！”

十九、唱得难听

最高长老额布法特汗氏屡次告诉我，不要顾曲，且吩咐我独自静坐。当时我的青春正旺，嗜欲与好动是很强的。不免就违背老师的忠告往前迈进，时常总想听曲与人共坐。有一晚上我到一伙人集结的处所，我见内有一个歌唱者。

他那抑扬的音调似要割断了命筋，

他那难听的声气，

不比将死的声音好听。

一般人趋向歌女的声调，

以其耐人闻听；

你这歌唱的人，

如果默然无声，

在我们倒会觉愉快。

凡是听你的人全不感觉舒畅，

除非是临去当你停息的时候。

在那位弹琴的人提高声调的时候，

我对东主说：

你启开门吧，

容我出去罢！

总而言之，我恐怕得罪同伴，只得随众鬼混，好不容易才从夜间度到白日。

宣礼师未及时间，
就开始宣告礼拜，
他本不知道夜里经过若干时候了。
你问我的睫毛！
因为它在我的眼旁未曾倒下片时。

次晨，我为求个吉利起见，从头上摘下布巾来，从腰带上解下一枚金币来，我把它放在歌唱者的面前，深表谢意。诸同伴看我这样亲近他，异乎常情。大家全暗自笑我理智弱智。其中有一个人张口毁谤，发出责备的话来，说："把长老的贵重品赠给这么一个唱曲的，你这行动太不合乎识者的见解了；这种人他那手掌里从未握过一枚银币，他那鼓里从没有盛过一块碎银。"

他这个唱曲的（远离这处古宅吧）！
任何一个人不要在一处见他两次。
他的声音一旦由口里发出的时候，
人们身上的毛发，
就会竖起来。
宫殿上空的飞禽听到他那可怕的声音，
纷纷逃避。他抉了我们的脑髓，
喊破了自己的喉咙。

我说："顶好你不要如此毁谤，因为这人的高贵只有我个人明白。"

他说："你得叫我知道，究竟是怎么回事。我也好去亲近他，并对于刚才所开的那些玩笑求王恕罪。"我说："是的，原因是最高的长老屡次禁止我写曲，尽力地进忠告。我是概不入耳。今一晚上，洪福与幸运把我吹送到这块地面。我在这人手里坚决悔过：今后永不顾曲了。"

出自甜蜜口唇的娇滴滴的声音，
无论行腔作调与否，
均能使人动心。
呼罗珊和希贾兹一般爱人的韵调，
如果发自可憎的喉咙了，
当然不会耐听。

二十、伴同歹人亦能学好

有人问鲁格曼博士："你从什么人那里学习礼貌？"他说："从无礼貌的人身上。凡是他们在我眼中可憎的行为，我绝对不会那样去做。"

大众由谈笑中说出一个字来，
明白人就能从中受一种感触。
如果有人对愚者说出百般深奥的话来，
他便当作儿戏随便一听。

二十一、夜吃十斤馍

有位修道家，一夜之间能吃十斤馒头，在五更天竟读一次《古兰经》。一位有心人听到这事，就说："如果他吃半个馒头，多睡点觉，不比这样胜强多多吗？”

你的肚皮不要被食物装得满满的，
好教它发现认主的光辉。
你那是不明真理，
由于食物满腹，
直到鼻子。

二十二、旁观者的口剑舌锋

一个无所不为的恶徒，幡然醒悟，悔罪自新。后来竟至投入道家一流。借着追随一般寒士的后尘，他那以往的劣性变为良性了。但是，所有先前毁谤他的人，依然说长论短，认为他的改过自新不一定可信。

世人能以求赦与悔罪脱离安拉的惩治，
但面对人们的口剑舌锋依然不能解脱。

他因为不能忍受一般口舌的刺激，乃在道堂的长老面前诉苦，说：“外面那些胡言乱道，我实在受不了哇。”长老说：“你怎能报答这样洪恩：他们对你所揣度的那一切，你已超脱净尽了。

一般恶意忌妒的人贬我无能为的，
这些话你说过多次了。
如果他们站起来致我于死地，
终是强过他们坐着盼我堕落。
你做好事，
世人们说你坏，

强过你为恶，

大家全看着你好。”

但是，所可忧虑的是，大众认定我是十足的完满，事实上我正在极不周全。在这时候更要慎重与顾虑。

我一定要遮掩邻居的一般耳目，

只是安拉他知道我的内部和外表。

我能独自闭门与人隔绝，

免得他们铺张说我的闲话。

闭上门究有什么用处，

知机密的主是尽知暗昧与明扬的。

二十三、要以清白苦行羞辱仇人

有一次我在一位大长老面前诉苦：“某人硬见证我坏。”他说：“你以清白羞辱他呀。

你要竭力敦品，

果尔，日久就无人说你不对的余地了，

胡琴的声音如果相当，

它何致再受唱手的扰耳。”

二十四、怎样叫作苦修

有人问叙利亚的一位长老：“苦修的真义是什么？”他说：“从前

这伙子人们，在表面上不见齐整，而内部是团聚的。轮到现下，大家在外表上看起来有一致的气象，只是内部并不充实。

如果你时刻是在心猿意马，
你于独自静坐时不觉得什么寡欲来。
即使你资格、财势、农田、营商俱备，
在你一心倾向安拉的时候，
那便是独自静坐。"

二十五、有心与无心

记得有一晚上我伴同几位客商，整整走了一夜。黎明的时候，睡在树林的一旁。在那次旅行中，和我们同路的一位有心人，在破晓的时候,大喊一声,跑到郊野的大路上,一个劲儿地跳跃。白天我问他:"那是什么情形？"他说："我看见树上的画眉，山上的飞鸟，水里的青蛙，林中的野兽,全都发出一种哀声。我心里参想,这一切是在赞颂(安拉)中，独我昏沉着睡，未免太不知道做人了。"

有只飞鸟由昨晚哀鸣直到清晨，
它夺去了我的理智、忍耐、沉寂与醒悟。
我的哀声恐怕要入一位纯洁的爱友的耳里。
他说：
我不认为这一飞鸟的声音能使你得到深刻的感动。
我说：
飞鸟称颂(安拉)，

而我默然无语，
这确不够做人的条件。

二十六、一个黑奴的感觉

有一次，在往希贾兹的旅途中，有几个青年人和我同行。他们不断地吟咏，并唱起一般名人的诗章。同路的一位修士，不承认贤者的处境，不明白他们的心情。当我们走到白尼·席拉来山下，忽见阿拉伯区域的一个黑奴出来，他喊了一声，以致将空中的飞鸟吓下。我看见修士所乘的骆驼开始跳舞，摔下修士，跑到郊外去了。我说："希贾兹！畜类都有感觉了，你仍在不醒悟，你依然未变态度。"

你知道，
那五更时候的画眉对我说什么话吗？
他说：
你是个什么人？
你何以不知道爱。
骆驼因闻阿拉伯的诗，
表现出一种变态与愉快。
如果你无有感觉，
你就是禀性不端的畜生。

当暴风刮到树林的时候，
嫩枝摇动，
硬石则否。
看哪！凡是因为记念安拉喧哗的，

有耳的心方可知道它的意义。
不仅是花枝上的画眉称颂(安拉),
毕竟每一草刺全是称颂安拉的。

二十七、乞丐侥幸登王位

阿拉伯的某王，濒死，不得一继位的人。他遗嘱群臣：明晨进到城市的第一人，你们就给他戴上王冠，你们把国家托付给他。恰巧翌晨最先进城的，是一个乞丐，经年地讨饭与补缀。该国当局就遵行先王的遗嘱，把各仓库的钥匙交付给他了。那人做王未久，该国一部分长官群起革命，邻国的君王亦派兵前来进攻。军民打成一片，乃至国土被夺去大半。王极表悲伤。此时他的一位旧友远道而归，见他做了国君，遂说："感谢主，你的鲜花由荆棘里长出来了，荆棘自脚上拔除了。幸运提携你了，福庆助长你了，你居然得到这样高品级。"《古兰经》上有云："的确，随同困难有容易。"[①]

花朵有时开，
有时谢，
树一时赤裸，
一时着衣。

他说："朋友，你吊唁我吧！因为没有可庆祝的余地了。从前你看见我的时候，我只忧虑一块馍，而今我忧虑一整个的世界。"

如果得不到现世的快乐，

① 《古兰经》第九十四章，第五节。

我们便感觉痛苦，
一旦得到了，
我们就因为恋它戴上了脚镣。

任何患难再没有比这个世界更繁杂的了。
有它无它，
心里终是不免忧虑。
如果你盼望富贵，
就不要在知足以外去寻求，
唯有知足方是可庆的洪福。

若是富人有满兜的散金，
你不要以为他可得主的善赏。
我听很多命人说过：
穷人的坚韧强过富人的知感。

二十八、远则生爱

艾布·胡莱赖[①]贤士每日去侍奉先知穆罕默德。先知呼艾布·胡莱赖说："你若不时常的来探望我，你必然越发钦敬。"一般有心人常说："以太阳那样美，我们绝未听见有人夸奖它，恋爱它。"有人说："原因是你每日能看见它。除非在冬令，因它是被遮的，可爱的。"

① 艾布·胡莱赖（601—678），穆罕默德的门弟子，圣训传述人之一。原名阿卜杜·舍姆斯·本·艾斯沃德，又名阿卜杜·拉赫曼·本·萨赫尔，信奉伊斯兰教后由穆罕默德改称阿卜杜拉。因其喜爱小猫，故又以艾布·胡莱赖（小猫之父）的绰号著称。

前去见人不为疵病，
虽然不要惹人说：
够了吧！
如果你想责备自己了，
不可从别的人上听责备。

二十九、百枚金币的河东狮

有位大马士革的同伴，我深烦恶挨靠他。我一气跑到古德斯[1]郊外，和畜类打成一片，后来我被押在法兰克的监牢。常在的黎波里地方的壕坑里，和犹太人一同做土工。阿勒颇的一位领袖，在早先，我们彼此曾经相识，这次他经过我的面前，尚能认识我。他说：“你这是什么情形？”我说：“我没的可说。”

我躲开众人逃到山川，
因为我只知道认主，
不顾其他。
你估量一下，
这时候我处到什么境遇，
我只可在一个畜棚里瞎混吧。
脚带锁链坐在朋友的面前，
强过和不同志向的人处在一个园圃里。

那人对我很表示恻隐之心，遂掏出十枚金币，把我由法兰克的监牢里买出来，亲自将我带到阿勒颇。他把女儿聘给我为妻，索去一百

① 古德斯，即耶路撒冷，阿拉伯语称“古德斯”意为“圣地”，亦称“拜特·穆盖代斯”。

金币的彩礼。事后，我才知道这个女人是性劣的，顽强且不肯服从。她整天喋喋不休，搅扰得我很是苦闷。

好男子家中的恶女人，
如同是他今世的火狱。
你要注意远避恶劣的伴侣，
你要诵：
我们的养主！
求你保护我们莫入火刑。

有一次，她毁谤着说："你不是我父亲把你由法兰克监牢里买出来的那个人吗？"我说："是的，我是他用十枚金币由法兰克监牢里买出来的，复又叫我花百枚金币落到你手里。"

尝闻某一伟人，
解救一只羊脱离狼的口爪。
有一天晚上，
那人把刀子置在羊脖子上。
羊的灵魂向他哀怜。
你自狼的爪下夺出我来，
结果，我看见你就是个狼。

三十、被家所累的苦况

一位国君问某一修士："你的家累很重，你的宝贵时间怎样度过的？"他说："整夜是在对主密语，五更天是在呼唤与祈求，整日是在奔波生计。”王明白修士的这个暗示，遂吩咐给他相当的生活费，不至再为家眷所累，得以安心工作。

被家眷的脚绊所羁的人哪!
你再不要希望歇心了。
忧虑儿女和吃的、穿的、用的，
便阻止你登上天国。
白天我寻求生活之道，
夜里我尚侍奉安拉。

夜间礼罢了拜，而又思虑：“明晨我的儿女们吃什么呢？”

三十一、发迹后的堕落

叙利亚的一位初学功修的人，在森林里做功，以吃树叶度生活。一位国君去探望他，说：“如果你看着住在城市相宜，我就为你预备一个地方。在那里从事工作，强过住在这里。别的人渴望托你的幸运得些个益处，我们也可以模仿你的善行。”修士听到这话，不以为然，一位臣宰插言道：“因为体谅国君的这种美意，也可进城住几日，瞧看那地方情形如何。如果你感觉扰攘,也可自便。”于是修士就移进城去，公家为他在王宫里准备了一座花园，是个逸乐的地方。

园内的花如同美女的面颊，
花穗如爱人的青丝。

衣食住行，俱皆称心，还有那貌美的女子陪伴。有识者常说：美女的青丝就是理智的铁链，也是聪明鸟的罗网。

我撇开宗教和种种知识，
把心全用到你的事情上了。
我原是聪敏的飞鸟，
今日我落入你的网里。

总之，这位修士以往的美德，付诸东流。

所有的法学家、长老、使徒，
以及一般身份清高善谈的人们，
一旦堕落到微贱的色世里，
就如同蜂爪落在了蜜中。

有一次，国王想要见他，但见这位修士大反先前的情状。面色红里透白，也显出胖来了。他靠在绫锦的枕头上，仙使般的幼童站在头前给他打着孔雀翎的扇子。王看见他安逸的情形也很快乐，彼此拉杂些个闲话。末后，王又说道：“我向来喜欢两种人，一是学者，二是修士。”当时有一位通达世情的聪明臣宰说：“主子！敬爱的条件是，你要善待这两种人，把金钱赠给学者，叫他教授别的人。但不要赠给修士什么东西，好叫他保有修士自己的地位。”

我自己有积蓄，
而希望别人的周济，
这时候若有人不称我是淡泊世色的，
那却是正理。

三十二、爱财的不是上人

一位君王遇到一件要务，说："如果这件事的结局适合我的意思成功了，我把若干银钱赠给迦希代们[①]。直到他的愿望达到，心上的不安释掉了，当然是要依循条件还愿的。"他就把一个银包交付给一个童仆，说："你把它散给一般迦希代。"这个童仆天性聪明，奔走了一日，入晚转回，和银包接了个吻，就把它放在王的面前，说："我遍处去访迦希代，终未见到。"王说："你这是什么话？就我所知道的，我们这个国家里就有四百名迦希代。"童仆说："当今的主子！凡是迦希代必不接受，接受的当然就不是迦希代。"王听到这句话，笑个不停，于是对臣宰们说："我对一般侍奉安拉的迦希代有此番美意，这个可恶的东西，竟从中作梗，但他的见解还是对的。"

迦希代接受金钱银钱的时候，
你要去寻找比他更迦希代的。

三十三、一个饿汉的哀鸣

一位寒士走进一所住宅，那宅里的东主是一位慈善家，一般知识分子都喜欢来和他叙谈，每一个人说出一句妙语。寒士在郊外走得疲乏了，仍什么未吃。其中有一个人对他开玩笑说："你也说句妙语。"他说："我说不出什么来，你们只听我吟一首诗罢：

① 迦希代，即淡泊世色的。

我饥饿着相向陈列的面包，
如同是，
女澡堂里的鳏棍。”

大家鼓掌，齐声赞美他的妙语。全都明白他饿极，吩咐给他预备食物。东主说：“朋友！请你稍候片时，等我的下人们蒸熟了肉包子。”寒士仰首笑了笑，说：

不必给我这饭单上摆肉包子，
在饥饿的人眼里，
窝窝头就是肉包子。

三十四、应对来客的妙策

一个弟子对长老说：“我有什么办法呢？大家全都来往我这里，我实在不堪其扰。”长老说：“穷的，你借钱给他；富的，你向他要东西。照着这么办，他们就不来缠扰你了。”

如果你以乞丐们作先锋，
敌方必因害怕劫掠逃回本国去了。

三十五、言不顾行说话无人听

一位法学家对父亲说：“这么许多善谈的人，任凭他说出些个动心的话来，我终是格格不入。只因我看他们多是言行不相顾的。”

他们告诉别人莫贪色世，
而自己贮积银子与粮食。
徒托空言的知识分子，
凡是他说的话，
无人入耳。
识者是不做恶事的，
不是只对众人劝说，
而自己不遵行的。

你们命人为善而忘却自身吗？[①]
自讨方便养尊处优的识者[②]，
其自身已入迷途，
何能引导别人。

父说："小子！不要这样胡思乱想，而不肯接近忠诚人的训教，并斥一般识者为迷误。一定要寻求清白无染的识者，那就是有福得沾知识的福泽。比如一个瞎子，夜晚陷在泥潭里，他说：'怎么终无一个人用灯笼给我引路。'一个无耻的女子听到这话遂说：'你这有眼无视的人，能用灯笼看什么？'如此，劝诫人的地方，如同是卖香的店铺，在那里你不掏钱，必定买不出货来。在这里，你若无接受的诚意，也必得不到益处。"

你要用精神的耳听识者说话，
殊不必管他言行不符。
好辩者说：

① 《古兰经》第二章，第四十四节。
② 识者，指回教中洞悉法律的人。

睡熟的人焉能唤醒未睡的。
这话听不得，
在做人的可要听话入耳，
纵使那话写在墙上也罢!

三十六、一个醉汉醒后的谈话

一个青年人醉卧巷口酣睡，毫无所觉。一位修士经过他的面前，驻足看他那种丑态。青年人由醉睡里抬起头来，说："每逢他们经过看到无益的事情了，他们就仁慈着过去。"(《古兰经》上之一节)

一旦你看见犯罪的人了，
你要遮掩并当谅解。
视我的事情为丑恶的人哪!
你为什么不仁慈着走过去?
修士! 你不要对犯罪的人扭面，
你当用慈爱的眼看他。
如果我在行为上不成个君子，
你要像君子似的看我。

三十七、旗帜和门帘的雄辩

你听这个故事：
在巴格达那个地方，
旗帜和门帘子发生了冲突。
旗帜因饱尝路途的尘土，

责备门帘子道：
你我全是服侍主人的，
都是王家的仆从。
我在供职上无有一时的停歇，
不分早晚常在征途中。
你呢！既未尝过城市的劳辛，
亦未经过郊外和风尘的苦楚。
我的脚步极多奔波，
为何你的快乐是较多的呢？
我是被擎在下役的手中的，
在旅途中脚被绊住，
头被摇动着。

门帘说：
我头朝着门槛，
必不像你把头抬到天空。
凡是那些挺起脖子的人，
终究是要损折自己的脖子。

三十八、力大量小

一位有心人看见某一大力士，盛怒之下，暴躁如雷。他问："这人是怎么啦？"大家说："某人骂他了。"他说："你们看他能负千斤重的石块，而不能担一句话。"

你不要逞拳头的力量，

并自称男子汉。
不能制己的人，
什么叫男子，
什么叫妇人。
如果你想成大业，
那不能仅凭舞拳头。
纵然你有打破象额的力量，
究不为奇。
如果你不重人道了，
你就不能算个人。
人当涵养成性，
如果他没有一点涵养，
他就不能做人了。

三十九、补鞋匠咬破女人的唇

巴格达的一位老者，把自己的幼女聘给一个补鞋匠。

这个心硬的小人儿，
咬得女郎的唇边，
鲜血淋漓。
次晨，父亲看见那种情形，
把女婿唤到跟前质问：
下贱的小子！
你这是什么牙？
女儿的双唇是说笑的工具，

不是鞋帮子啊!

我以诙谐说了这话,
你要避去嬉笑,
理解其中的意义。
造定的恶性根,
非到死的时候,
绝对不能去掉。

四十、丑女子宜嫁失明的人

一位法律家的爱女极其面丑。年已及笄,虽拥有莫大的家私,而从来无人上门求婚。

胭粉与绸缎在貌丑的女郎用着并不显美丽。

最后,这位丑女迫不得已就和一个瞎子结婚了。在那年由锡兰来了一个医家,能治愈瞎子的眼。有人对那位法律家说:“你何不请来,给你女婿治疗。”他说:“我恐怕他有了眼光,而和我女儿离婚。”

面丑的女子,
遇上瞎丈夫,
这是最好不过的了。

四十一、当皇帝不如行乞

一位国君用轻视的目光观看一伙寒士。其中有一个人看出了这种情形，遂说："国王！在这尘世里说到军兵上，我不如你；说到生活上，比你安乐；说到死亡上，咱们是一样的。在审判日我是较为高尚的。"

纵然穷人是讨饭的也罢，
在这个那个要死的时候，
谁也不能从世上带走更多的裹尸布。
轮到你离开王位的时候，
当乞丐强过做皇帝。

四十二、寒士的外衣内部

寒士的外表是破旧的衣服与乱蓬蓬的头鬓。其中的真义是心灵活泼，嗜欲僵死。

寒士并非坐在门首等候斗争，
遇见有人反对他，
便就起来争战。

寒士的责任是记念与感谢(安拉)，侍奉与顺从(安拉)。让与、知足、认一、及仰赖(安拉)、心服、涵养等等。凡是具有这些品质的，便是真的寒士。这类人虽穿俗衣，也不失其立场。至于不拜主，任意胡行，纵情逸乐，通宵达旦地逞欲，白天酣睡不起，随便一吞，信口开河，这类人却是下流的。纵然他们身着上人的制服，也必不能算作良善。

哎！那内心无虔恪，
仅只外表富丽堂皇的人哪！
你在家里原没有一领草席，
你何必把七色的幛子挂在门上呢？

四十三、草楼子上几朵鲜花

我曾见几朵鲜花在一座草楼子上长起来。
我说：
这种无用的草算得了什么，
它居然也列在花的名次里。

草就哭起来了，说：
你不要这样讲，
重仁德的人必不拒绝在下伴同他。
虽然我没有美丽、姿色、异香，
但能说我不是他园内的草吗？
我是仁者的仆役，
我是受着旧恩培养起来的。
无论我有没有特长，
我只盼望着主人的怜恤。
同时，我未创造财富，
我也尽到行善的实力。

在各种援引皆无的情况下，
只有安拉能护佑其仆人的事情。
通常情况下，
是无能为的老奴得到主人的释放。
装饰色世的主啊！
你饶恕你这个老仆吧！

萨迪！你去到可爱的克尔白大路上吧！
安拉的男子！
你往赴的道路吧！
唯有厄运的人扭过头去。
但是他离开这里，
又没有别的门可入。

四十四、好施与骁勇

有人问一位博士，好施与骁勇，谁较为高贵？博士说："有了好施的美德，就不再需要骁勇了。"

哈提姆·塔伊[1]死去了，
但是他的美名永久不灭。
你要做出照例的施济，
园丁若不剪去葡萄枝，
在它焉能多结葡萄。

① 哈提姆·塔伊（？—605），阿拉伯蒙昧时期著名诗人，以乐善好施而出名。

总　评

本章以记一般寒士言行为骨干，共计四十四段，嬉笑怒骂，亦庄亦谐。明言暗示，极尽讽世之能事。所谓寒士者，在波斯文中称为“德里威士”，乃本教一等高人之称谓。其人需具有第四十三段内所提出之善行。其下一层者，在阿拉伯文中称为“阿华代”，即修士。专务拜主，不贪色世者。在“萨迪”时代，这两种人比比皆是，然良莠不齐，瑕瑜互见，老目声心俱伤，乃以见闻之故事或用寓言之方式，誉善毁恶。所述种种，虽属明日黄花，但细加玩味，足可为后来者借鉴。此译者区区志愿，谅爱读者必表同情也。

第三章　记知足之可贵

一、一个乞丐劝人忍穷

马格里布的一个乞丐，在埃及城里，对着一群卖棉布的人说："你们这些大发其财的人，如果你们有公德心，我们就有知足心了，世界上就再无乞讨这种现象了。"

知足啊！
只有你可能使我变为富有的，
因为在你以外别无任何洪恩。
忍耐的角落是鲁格曼[①]所选择的，
无忍耐的人，必无卓识。

二、学术与金钱孰贵

埃及的两位公子，一个研究学术，一个积聚钱财。后来，一个成

① 鲁格曼，《古兰经》中提到的古代贤者，安拉"确已把智慧赏赐鲁格曼"。

为了当代的博士，另一个做了埃及王。这个富有而且高贵的王轻视那位博士，说："我得以做王了，而你却依然穷得没办法。"那人说："兄弟！我得感谢安拉的恩惠，比你更多，因为我得到列圣的遗泽了；而你继承法老、哈曼的基业了[①]。"

我宁做受人脚踏的蚂蚁，
我不欲做蜇人的蜜蜂。

三、乐莫大于不求人

尝闻有位修士，贫无聊赖，身穿的衣服上有很多补缀。他为了安慰自己无可奈何的心，说：

我以干净和褴褛的衣服知足，
因为自负患难的担子，
强过希望人家的怜恤。

有人对他说："你怎么在这里久坐不动呢？本邑的某君赋性仁慈，喜欢普遍施恩，尤其是特别景仰一般的修道家。如果他目睹了你这现状，他为安慰一般人的心起见，一定会给予相当的周济。"他说："请你住口。紧闭着房门等死，强过了向人做祈求。"

身穿着有补缀的衣服，
久坐忍耐的角落，
强过为了吃穿投函于伟人。

① 遗泽是指知识，基业指埃及国。

借着邻人的引线进乐园，
却与在火狱里受刑相同。

四、健康的唯一秘诀

波斯的某王给先知穆罕默德派去一位良医。那人在阿拉伯各城居住了一年，未遇见一个人请他治病。有一天，他去到先知面前表示不满，说："本人被派到这里，特为服务大家。未料，经过好久，从无一人顾视我，所以我无从尽我的责任。"先知说："我们这般人的习惯是这样：不十分想吃的时候，必定不吃；吃尚未饱，即行停住。"该医生说："这是使身体健康的秘诀。"说完这话，他伏身下拜，遂就告辞而去。

识者发言或伸手取食，
须选择适当的时候，
那就是当他人缄默而发生空隙，
或由他的不吃而有伤身之处。
必如此，
他那说话是有价值的，
他的取食是强健身体之由。

五、吃是为了什么

有人问一位医家："每一天应吃多少食物？"医生说："十两之谱，亦就足够了。"那人说："这么一点有什么功用啊？"医生说："这一点能担负你。超过这个限度，你是担负它的。"

吃是为了生存，
并记念安拉。
在你认为活着是为了吃。

六、少吃与多吃的下场

呼罗珊的两位修士同行。一个是身体羸弱的，隔两夜开一次斋；另一个是强壮的，一日吃三次。恰巧这两人在某一城门上，以间谍的嫌疑被捕，羁押在一间房子里。经过两个星期，始调查明白：他们无有犯罪的行为。启开房门观看，但见壮汉已然死去，而身体瘦弱的未至殒命。大家目睹这种情形，全都诧异。当时，有位博士开口道："假如这件事倒过来，那倒是值得惊异的。这一个平素吃得太多，不能经历艰苦，所以稍遇患难，就不能支持；而另一个不肯纵欲，所以能依其习惯坚忍，终至平安无事。"

人若以少吃为习惯了，
一旦患难当前，
便容易度过。
如果他在安逸的时候，
一味保养身体，
有时遇上艰苦，
难免受困致死。

七、父子因吃的问题起辩论

一位博学家，嘱告他儿子说："你不要吃得太多，因为过饱必致伤身。”儿子说：“父亲！饿亦能致死。你未听过好诙谐的人说过吗？饱死强过忍饥耐活。”父说：“然而亦要有个限度才好。《古兰经》云：‘你们吃吧！饮吧！不要滥费。’[①]”

你吃，不要达得由嘴角里往外倒。
也不要达到因身弱而致性命难保。
人，固然仰仗食物而活，
但是过量的食物必至有害健康。
如果你强勉着吃砂糖，亦必有损。
若是你慢慢地吃干馍，那便是砂糖。

八、胃里有病一概吃不下

有人问一位病汉：“你想要吃些什么呢？”他说：“我什么也不想吃。”

一旦胃部发生毛病，
肚腹感觉疼痛了，
一切的一切全不中用了。

九、为嘴伤身

瓦西特地方一伙修士欠卖菜的几个钱，那人每天来向他们讨索，说了很多的硬话，大家非常伤感，情殊难堪。其中一个有心人说：“自己推延不吃，强过了对卖菜的延期还债。”

① 《古兰经》第七章，第三十一节。

放弃上人的赏赐，
强过了阉人的虐遇。
因为想吃肉致死，
强过屠家辱人的讨债。

十、忍痛莫求人

在鞑靼战场上，一个青年人受了重伤。一个人对他说 :“某商家制有一种药剂，如果你去讨要，也许他不至于吝啬。”说者谓 :“但那个商人是一个出了名的吝啬鬼。”

如果太阳的光射到他吃饭的桌子上了，
直到审判日无人再见光明的白昼。

那位青年说:“如果我向他求药，他也许给，也许不给。即便他给了，也许有效，也许无效。但是只要一向他请求，就是一种伤人的毒药。”

凡是向下贱人讨好处的，
在自身略得实惠，
而不免减少自己的体面。

有识者尝说 :

如果有人出售长生不老的圣水，
在有才识的人看来，
必不能以人情面去讨。

因为患病致死，
强过了受辱着存活。

你若由好性格人的手里吃到苦瓜了，
那便强过由皱面的人手里吃到甜瓜。

十一、轻易求人降低人格

一位宗教学者，由于家中人口过多，而进饮无几。有位伟人对他不断地周济。有一次，他对人述说自己的苦况，那人对他所表示的希望不以为然，甚至视学者的轻易求人为可耻。

你不要因运气不佳满面愁容地去到同人的跟前。
果如此，
你便扰得他无兴趣。
你欲向人请求的时候，
你要喜笑颜开的前去，
果如此，
则可望开展的事情不至于闭塞。

有人传说：那人对他略加补助，但是减去很多的恭敬。这位知识分子在几日以后，看出人家对他冷淡来了，他就说：

由卑贱得到的食品实在恶劣了。
铁锅支高了而资格低落了。
我的面包增多了，我的体面减少了。

忍穷强过了以求人得到的卑贱。

十二、富而不仁的不要求他

某一寒士遇到了一件困难。有人对他说："某君发了大财啦。如果他目睹你这落魄的情形，我想他必立时予以救济。"他说："我不认识这位富豪。"那人说："我可领你前去。"说罢，他就拉着这位穷汉的手，去到那位富豪的家里。这时候，穷汉看见一个人，垂着下唇，蹙眉皱面地坐在那里，现出狰狞的样子。这位穷汉看了看，一言未发遂就转身退转了。那位介绍人问他："你为什么退转呢？"他说："我一见就够，不屑向他请求。"

你不要把请求呈到酸脸的人跟前，
果如此，
你就难免受他那劣性的刺激。
你若述说自己心中的苦闷，
你要对着一见之下，
立刻能够得到他安慰的那人去说。

十三、不可接近人妖

有一年亚历山大地方苦旱。穷人们生活困难，无法维持。天不下雨，地上的人哀声直达云天。

所有的走兽、飞鸟、鱼类、蚂蚁，

无不因为困哭而哀痛震动全世。
所可奇的是，
众人的心烟凝结一处，
成为乌云，
大家的眼泪变作了雨点。

在那年有个阴阳并具的人（盼望朋友们离他远远的），述说他的恶性便是失礼，何况在那些大人物的跟前呢。然而一字不提也非相宜，怕是有人斥我发言无能。我仅只说出两句诗来：

如果鞑靼人杀死这个人妖了，
就不可再杀那个鞑靼人了。
这个人时常像座巴格达桥，
水在下面流，
人在背上走。

你听到有关他的特性的这个人，在那年获得了无量的财富。他把金银施给一般穷人，更为旅客们预备吃食。当时有一伙寒士穷得没办法，意欲应承他的约请，他们和我商议，我拒绝与他们同往，我说：

狮子纵然饿死在洞里，
而绝不吃狗剩下的一半。
你要忍饥耐贫，
切莫向下贱人伸手讨要。
纵使下贱人有如法里东的豪富与国士，
你也不要把他当作什么人似的看待。

丝棉绸缎在失去人性的人身上，
俨若在土墙上的泥金与彩色。

十四、恪守清贫

有人问哈提姆·塔伊：“你在世上见过或听过比你志向更高尚的人吗？”他说：“见过。有一天我因欢迎阿拉伯官长们，宰了四十头骆驼。当时我因事去到郊外的一个角落，途遇一个樵夫，身背着一捆柴。我对他说：‘你为何不去给哈提姆做客？因有许多人都集合到他那地方去了。’”樵夫说：

凡是自食其力的，
必不接受哈提姆的恩惠。

哈提姆卑谦地说：“我从未见过比这个人志趣更高尚、豁达大度的人。”

十五、穷人发迹不一定是福

先知穆萨看见一位穷汉，穷得一丝不挂，隐遁在沙堆里，请穆萨为他做祈祷，并求安拉赐给他相当的生计。他说：“我现在穷得要死。”穆萨为他做完祈祷以后走到别处去了。在一段时间之后，穆萨转回，看见那个人被捉，很多人围观他。穆萨问：“这是怎么啦？”大家说道：“他喝酒致醉，杀死人了，现下正在执行抵偿罪。”识者尝说：“如果猫有了翅膀，它会掏尽世界的麻雀蛋。”

无能为的人一旦得到了相当的力量，
他就会起来撅折一般弱者的手。

《古兰经》云："设若安拉为他的众仆扩张给养了，他们必在地上违法。"[1]

被骗的人哪！
你为什么冒险自陷灭亡？
但盼蚂蚁不会飞。
下贱人一旦有了地位与金钱，
自然就要跋扈。
你未听到柏拉图说过的话吗？
蚂蚁没有翅膀，
这是最好不过的了。

十六、有事珠宝不能充饥

我在巴士拉珠宝商队伍里，遇见一位商人，他对众述说："有一次，我在郊野迷失了路径，所有充饥的干粮完全吃光，内心不免悲伤。忽然我看到一包东西，我至今未忘却那种快乐的滋味。当时，我认为那是一包熟麦子。但打开一看，才发现是一包珍珠。那种苦味与失望，也是我平生无法忘掉的。"

在干燥与流沙的郊外，
在干渴的人口里，

① 《古兰经》第四十二章，第二十七节。

什么叫珍珠，
什么叫作蚌壳。
落魄无川资的人，
在他的腰带上，
什么叫金子，
什么叫瓦砾。

十七、渴得要死

一个阿拉伯人在郊外渴极，遂说这话：

但盼在未死以前遇见达到我希望的那一天：
撞胫的河流，
供我装满自己的储水袋。

十八、饿极时金子不如萝葡

在宽广的平原，有一个旅客迷失路径了，干粮告罄，疲惫达于极点。腰间尚有几个钱，徘徊良久，未寻着道路，竟因而致死。一伙人到来，见有几个钱，置在他的面前，并发现地面上写着：

无有干粮的人纵使他有若干纯金，
也未难以得到满足。
走到郊野外，
在无聊的穷人眼里，
熟萝葡强过了生金子。

十九、穷得没鞋穿亦比无足强

我对于时光的循环向来不哀痛。我对于天然的转变从不皱眉。只有一次，我的脚赤露着，没有鞋穿。我伤心地走进库法的礼拜堂，忽然看见一个没有脚的人，我遂尽力知感安拉，且对于无鞋上忍耐。

在饱汉的眼里，
熟鸡不如筵席上的菜叶。
在没有糠皮与干粮的人眼里，
熟萝葡就是熟鸡。

二十、一个农人的荣耀

某一国君偕同几个亲信来到围场里，时当冬令，距离王宫很远。入夜，大家遥见一家农民的房子。王说："我们就住在那里吧！免得受冷。"一位臣仆说："住在农人的草舍里，这是不符国王高尚地位的。我们就在这里扎下帐房，燃起火来吧！"农人得到消息，备办现成的东西，携至王前，匍匐在地，说："国君的地位并不因这一点降低，只是他们不欲农人的地位增高。"国君很以这话为然。当夜还是到农家住宿了。次晨，吩咐赏给农人财物。那个农家追随着国王送出几步，说：

王的荣威未因往顾农人的居室减去一些。
只是像你这样的国君息影于农人家里的时候，
农人的帽顶已经达到天空了。

二十一、国王的恶作剧

相传，一个厉害乞丐积蓄了好多财物。有一次，某一国君对他说:“有人向我报告，你有大宗积蓄。现下我有一种急需，如果你肯拿出一部分来接济我，等到征进地税以后，我必照数还你，更要各位酬谢你。”那人说道 :“当今的主子! 以我这类乞丐的财物污染你的手，实在不合国君的伟大身份。因为我是以行乞为生，一点一点积聚的。”王说 :“那有什么可虑的,我把它们转送给教敌。‘污浊的归给污浊的。’”(《古兰经》上的一节)。

一般人说 :
狗溺台是不洁的。
我们说 :
我们用它堵茅房的窟窿。

听说这个乞丐不肯从命,反复辩论,一味地倔强。王吩咐强制执行。

在用温和手段,
事情不能成就的时候,
难免要自找无趣了。
凡是不爱护自己的人,
别的人也不疼爱他了,
未尝是坏事。

二十二、贪病的治疗法

尝闻某一商人，有一百五十头运货的骆驼，四十名伙计。有一天晚上，在基什岛①，他把我约到他的小房里，整夜地说些杂言乱语。先说："我的某一同伙是在土耳其，我的某宗货物是在印度；这是某块地的契约，某人在担保着某种事情。"移时又说，"我想往亚历山大走走。因为那地方的空气很好。"继而又说，"不不，西海是很危险的。荒地啊！目前尚有一次旅行。如果我再做这次旅行了，晚年我就静坐在一个角落，不复外出了！"我说："那是怎样一次旅行呢？"他说："我想把波斯的硫磺贩到中国，由那里把中国的瓷器贩到罗马，把罗马的绸缎贩到印度，把印度的绸贩到阿勒颇，把阿勒颇的水晶贩到也门，把也门的绫锦贩到波斯。从此以后，我就不再远出，经年坐守商店了。"他发表这么多胡言乱语，我再没有听下去的耐心了。他说："萨迪啊！你亦把自己所听的所见的对我说一些！"我说：

你听说过吗？
去年在古尔②一位客人从牲口上摔了下来。
他说：
贪恋色世的人，
若欲填满他那窄狭的眼，
只有知足或是填土而已。

① 基什岛，位于今伊朗南部波斯湾上的一个岛屿。
② 古尔，位于今阿富汗中部省区。

二十三、守财奴的伪真

有一个富人，以吝啬著名，一如哈提姆·塔伊以好施著称于世。他的外表受着今世荣华的装饰，而他内部天然的污浊达到这种地步：他绝不肯因为救活一条命舍去一个面包；他不会以一口食物怜恤艾布·胡莱赖[①]的猫；他亦不肯把一块骨头投给洞中人[②]的狗；他不会把一把草饲给撒立哈[③]的驼；他把尔撒[④]的驴干渴着弃在海岸上。总之，从未有人看见过他敞开着房门，更未见过他展开饭单。

穷人仅只闻得他那食物的香味。
在他吃馍以后，
鸡也拾不着他那碎末。

听说他由埃及往赴西海，半途中突然起了暴风。他就捧起双手苦苦哀祷，做无谓的狂呼。“他们乘在船上的时候，就呼求安拉，对他竭诚顺服着。”[⑤]

在祈祷的时候呼求安拉，
在逍遥的时候将手挟在腋下。
这种哀怜的手，

① 艾布·胡莱赖，是先知穆罕默德的一位门弟子，平素饲养着一只可爱的猫。
② 洞中人，《古兰经》山洞章记有洞中七君子暨义犬的故事。
③ 撒立哈是前代一位先知。他那母驼的故事，亦见《古兰经》。
④ 尔撒又作耶稣。
⑤ 世人通性难时哀求安拉，事过境迁则忘怀。见《古兰经》第二十九章，第六十五节。

于祈祷的仆人究竟有什么用处?
你若以金子银子使别人快乐，
你自身亦会享受!

相传，这个人在埃及有些近族，在他死去以后，大家都借着他的遗产全都发迹了。往常破旧衣服一一撕烂，每个人换上一身丝绸。就在那一刻里，我看见其中的一个骑着一匹快马，有个童子在后面奔驰着。

嘿!如果死者返回本族和血亲家里，
索还遗产，
在一般继承人，
却比近亲的死去尤觉痛心。
我就倚仗从前彼此间有个认识，
抓住他的衣袖。

我说：
行为良善堪受敬重的人哪!
你要肯于吃用。
因为那个厄运的人积聚了，
未舍得吃用随就走去了。

二十四、失意的渔夫

一个体力衰弱的渔夫捕获一条大鱼，那人缺少收获的能力，鱼一跃而由渔夫的手里夺去网，投入水中。

童子去到河岸挑水，
河水上涨，
冲去了童子。
网是每次可能捕得鱼的，
这次鱼把网带走了。

猎户不一定每次捕获猞猁。
你看吧！
终有一天，
它被猛虎曳去。

其他在场的渔夫睹状深表惋惜，群起责备，说：“这么大的鱼落到你的网里，你居然未能制伏。”他说：“弟兄们！我能有什么办法呢？这条鱼该当不属于我的食禄，它的食禄依然未绝。”

无福的渔夫在底格里斯河里捕不着鱼。
未至寿终的鱼死不到陆地上。

二十五、毒蛇与蜈蚣

有一条蛇咬死了一条蜈蚣。一位有心人经过其地说：“素布哈难拉！[1]这条蜈蚣虽有千条腿，而追至寿限已满的时候，它就无法逃开这条无手脚的家伙。”

① 素布哈难拉，这句话是西人每遇惊异时随口说出的。

在取命的仇敌随后追赶的时候，
死期便能绊住疾行人的脚步。
当仇敌到达脚下的时候，
始欲拉开吉央[①]的弓，
恐怕不能了。

二十六、绣花枕

我看见一个肥胖的矮子，身着有价值的衣服，骑着一匹阿拉伯的矮马，头戴埃及的礼帽。当时有一个人说："萨迪！你看这样的绣花缎子竟为如此没有知识的动物所着。"我说：

他却是一个形似人类的驴，
有如发吼的牛躯。
一般人尝说：
一副优雅的容貌，
强过千件绫锦的衣服。

不可说这个畜类和人一样，
只不过他那衣冠与表面的装饰而已。
你对于他的一切所有，
看不出一件可称道的，
只有他的性命（和其他动物不同）罢了。

① 吉央，地名，以制弓著称于世。

二十七、宁做乞儿勿做穷盗

一个盗贼对一个乞儿说："你没有羞耻，为着一粒银子向一切不仁的人伸手。"乞儿说：

因为追求一粒银子伸手，
强过因为一分半分的东西被人割手[①]。

二十八、旅行者应具的条件

相传有一拳术家，因时运不佳，贫无聊赖，竟至衣食无着。有一次，他在父亲的面前抱怨，并要求准其远游，说："我要你许我以膀子的力量得到顺达，因为一般伟人们常说：

才智与本领不显露，
终是淹没。
檀香要得置在火上，
麝香必须研开。"

父说："儿啊！你心里不要这样胡思乱想！你要以知足为常乐！因为有识者尝说：福乐不全由进取，谋利不是免除祸患的。

如果你每根毫毛含有一种技能了，

① 西国惩治盗贼法，在初次犯罪，则断去一手。

当命运不佳的时候，
技能是不中用的。”

子说：“父啊！远游的益处是多的，若开心，获益，见些奇异，听些妙闻，参观各城邑，结交诸亲朋，成就地位与学识，增加资财与营生，认识些个伴侣，就如那些行道的人说：

你经年坐在商店与家宅的时候，
生人哪！
必不能成人！
你在离开世界以前，
要外出遨游世界！”

父说：“儿啊！遨游的益处一如你所说的，确是无量数的，但是只有五种人可以得到：

一是商人。这些人倚仗着财力，随身带着些美丽的童仆与使女，并有一般聪明的识者。每日住到一个城市，每夜居在一个地方，每时走至一个娱乐的场所，他们能时刻享受今世的荣幸。

有钱人虽在山川野外而不觉烦闷。
他去到无论哪里便可搭建帐房，
造起卧室。
生平不得意的人，
在自己根生土长的地方也是生死无人认识的。

二是学者。他们以健谈和雄辩的力量，技巧的本领，去到无论什么地方，都有人亲近他们，尊敬他们。

有知识的人如同纯金，
它流通到任何地方，
全都知道它的价值。
无识的莽汉在本城里独自生存，
在别的城里更无一事可受人赞扬。

三是貌美的人。一般人从心里头极愿与貌美的人结合。因为伟人们尝说：些许的美貌强过大宗的资财。还有些人说：美貌是伤感者的药石，是启门的钥匙。无疑的，无论任何地方，人们均以接近貌美的人为一种光荣，并以侍奉他为一种幸事。

貌美的人走到任何一个地方，
都能受到尊敬，
纵使父母把他逐出门外。
我看见书页里有一支孔雀翎子，
我说：
我认为这个地方是超过你的价值的。
他说：
不待你讲，
凡是具有美貌的，
他脚踏在无论哪里，
人都欢迎他。
小子若有一种可恋的长处了，
必不顾虑父亲与他远离。

美貌是一种珍宝，
不可任人藏在蚌里。
它是一颗特殊的珍珠，
人人想要买它。

四是好声音的人。这类人运用达乌德[①]的音调能够遏流和落禽，更能借此技能打动人们恋爱的心灵。所有高尚的人们都愿意亲近他。

我的耳好听风雅的词曲，
什么人善弹二弦琴。
悲哀温柔的声调，
在畅饮早酒致醉的一般朋友耳里，
是怎样的耐听？
好声调强过美貌，
因为那是肉体上的享受，
这是精神上的食粮。

五是有手艺的人。这类人能以手头的技能谋生活，不至于因为面包伤损了颜面。一般伟人曾谓：

补鞋的人如果他离开本城去到异乡，
他必受不着艰难困苦。
若是帝王脱离王位败落坍塌的地方了，
免不得他要忍饥着睡半日。

① 达乌德又作大卫，以音调盖世著称。

我所述说的这类情形，儿啊！在旅行中全是心安之道，是生活逸乐的原由。对此种种一无所具的人，徒然幻想在世上走动，别的人未曾闻过他的姓名与事迹。

凡是迷失本巢的鸽子，
自然地要奔向有谷粒的网。”

子说：“父啊！我何可违背一般哲士所说的话？据说，纵然食禄是被分配的，但抓得住它的线索却是条件。纵然，祸患是预定的，而躲避进它的门却是应当的。

食禄固然是要获得的，
但是由各方面寻觅是理智的条件。
人的大限未到，
自不该亡。
然而你也不要走入巨蛇的口里。

而今我是在这种情形之下：我能和疯象斗争，我能向猛狮伸手。父啊！顶好让我做长途的旅行吧，因为我再无有忍受苦闷的能力了。

一个人若在本乡里落魄了，
从此再无什么可忧的，
因为到处都可以为家。
富人全都入夜归家，
穷人无拘哪里过夜，
均可。”

小子说罢这话，辞别父亲，遂就出走，且自言自语地说：

有技能的人，
当他处在命运不佳的时候，
最好去到无人知他名姓的地方。

就这样，他走到海岸，石块被洪涛撞在石头上，浪涛的声音传到十五里地以外。

它那可怕的激流，
水鸡在那里尚得不到安然。
最微末的海浪便能冲动磨大的石头。

他瞧见一伙人，每个人出一分银子乘坐渡船，携带着行囊，唯独这个青年人赤手空拳，只得说些个好话。但是任凭他怎样哀告，大家全不肯帮助他。无道义的船家笑着转过脸去，且说：

如果你没有船钱了，
你就不能仰仗着体力渡河，
十个人的力量也算不了什么，
你拿出一个人的船钱来吧!

青年人一听船家这种刻薄话，立时大怒，意欲报复而船已开动。遂大声喊叫着说："如果用我身穿的这件衣服满足了，我不吝惜。"船家突生希冀，掉回船来。

希图便能封闭明哲的眼，
欲望可把飞鸟和鱼引在网里。

就这样，青年人拽住船家的胡子和衣领，往自己怀里用力一扯，轻松就把他拽倒了。他的伙伴们从船上下来助战，却吃了苦头，纷纷逃走。船家无计可施，只得跟青年人说好话，不再向他索船钱。

当遇到冲突的时候，
要学会隐忍，
因为柔能关闭斗争的门。
你借着甜言与温柔，
能够用一根毛发系住一头象。
你遇见反抗的时候，
务要温和，
因为利剑割不断软绵子。

船家自认刚才的不是，乃倒在他的脚下，虚伪地在他的头眼上接吻，把他拉到船上，遂就开驶了。

船抵达希腊国的某一地方，停留不前。船家大声喊道："船底有孔了。你们当中最有力气的人可要登上前面的一根柱子上，挽住船缆，容我们修补。"青年人倚仗自己有点体力，未想到敌人心怀恶意，竟自不遵一般哲士所说："凡是被你伤过一次心的人，在那以后纵然你送给他百个快乐，你也不要忘记他那一次伤心。因为剑头可由伤口那里拔出，而心中的苦痛存留永久。"

在一个人的心借着你的手感觉窄狭的时候，
你不要安然，
恐怕你也要感觉心窄。
你不要把石块抛在城墙上，
恐怕石头自城墙上滚了下来，

于是少年人就把船缆缠在手腕上，登在石柱子上面。舟子割断他手缠的船缆，把船开走了。这个无可奈何的青年人无计可施，遭受两天困苦。在第三日，他略一打盹，噗咚一声，落下水去。经过三天三夜以后被水冲到岸边上，已经奄奄一息了。他勉强着吃树叶，拔草根。因此稍得到一点力量。他匍匐在沙漠上，徐徐前行。这时候他已经干渴得没有一点力气。终于爬到一口井边，见到有好多人集聚在那里，各以一枚铜钱买一罐水。青年人两手空空，分文没有。于是向人讨要，苦苦哀求，而大家不发慈悲。他恼羞成怒，施展武力，摔倒了几个人。于是大家集合起来，把他痛殴了一顿，他遍体鳞伤。

粗笨坚硬的象一旦被蚊蚋覆满全身，
难免不为所伤。
蚂蚁团聚起来的时候，
也能撕破狮子皮。

至此，迫不得已，他只好跟随着一群旅客继续行走。有一晚上大家抵达一个地方，该处时常发生匪患，旅客们战战兢兢心神不定。这个青年人说："你们不要忧虑，在这班人之中有我一个就能独自抵挡百个。"其他的青年也随声附和这话。由他这么一逞威，客人们的胆为之一壮。大家都愿亲近他，并以给他饮食也成为理所应当。这个青年正在饿得要死，吃了几口东西，喝了一气水。腹内的不安稍感稳定，遂就睡到一旁。客人之中有位饱经世事的老者对同人们说到："我替你们害怕这个镖师较甚于害怕强盗。曾有人述说这么一件事：一个阿拉伯人积下几个钱，入夜，恐被穷贼偷去，不敢独自睡在房里。约来一个朋友就伴，免去孤单的胆怯。那人和他伴同了几夜，窥见他有几个钱，暗自窃之，逃之夭夭了。次晨，大家看见他在赤身痛哭着。有人问他：'你这是怎么啦？大约贼徒偷了你那几个钱去了吧！'他说：'不，是被保护者偷去了。'

任何一个同伴，
在我不深知他的行为时候，
我绝对不放心他。
唯有一种仇敌，
他那牙是最锐利不过的，
在众人的眼里都认为他是个朋友。

你们怎能知道，如果这人是个强盗，他隐匿在我们之间届时报告同党……依我的意见，顶好是我们趁他睡着抛在这里，我们提起行李暗自走去。"众人听得老者这番话，深以为是。立刻对这个青年警惕起来。各自荷起囊袋，蹑足溜去。及至那个青年发觉，太阳已然照耀眉头了。他举首一看，客人们全都走掉了。这个无可奈何的人徘徊好久，无路可奔，他就饥渴交迫地躺在地上，极感痛心地说：

谁肯拴上驼和我叙话，
只有异乡人肯来亲近异乡人。
从未在外多尝痛苦的人，
便对于异乡人心硬无慈。

无可奈何的人正在自言自语，忽然间有位太子因为狩猎离远军兵，站在这少年人一旁，听他说话，并观察他的形态。但见他那外表是清洁的，他那情状是堕落的。太子问道：“你来自何地？你怎么落在这个地方呢？”少年人就向太子把自己的经过述说了一遍。太子对他当前的险恶环境很表恻隐，于是赐给了他大宗钱财，派人把他送还老家。及至抵达本城以后，父亲见儿子回来了，欢喜非常，看他情况良好，极力感谢安拉的护佑。晚间他就对父亲述说了这次旅行的经过，举出登船时候的情形，船家的野蛮，乡农们在井畔的欺凌，旅客们的背信。父说：“儿啊！你临走的时候我未说过吗？妙手空空的勇士是很难得伸手的，狮子的爪实在可怕呀！”

某一有体力而无金钱的人说什么良言了：
一颗金子强过五十斤力量。

小儿说：“爸爸！人不受苦必得不到好处。人不冒险必不能取胜。人不撒籽粒绝不能收获。你未看见吗？我以些微的苦楚得到什么样的快乐了？我以挨过一次蜇咬获得了多少蜂蜜？”

人纵然不能吃他分外的食禄吧，
而对于寻求上也不要懒惰。
潜水者若考虑鲨鱼的大口，
他绝不会捞上价值昂贵的珍珠。
下扇磨是不动弹的，
免不得要负重担。

公狮子在洞的深处能吃什么？

跌倒在地的苍鹰能有多大力量?
如果你欲坐在家里狩猎,
你的脚就要和蜘蛛一样。

父说:“小子!这一次你的幸运救了你。一位有福的人到你跟前,对你施惠,并施给财物改变了你的险恶环境。如此侥幸是偶然的。不得以偶然引为常例。”

猎户不一定每次都能捕获一只猞猁。
而恐怕有一天会被老虎吃去。

此事有个比喻:波斯的某王有一枚值钱的戒指。有一次他因为游历遂带几名亲信出现到设拉子大礼拜堂。王吩咐把那枚戒指绑在草把子上。谁能用箭射过戒指环,那戒指就归他所有。恰巧四百名善射的人统都未中,只有一个儿童站在高楼上无目标地胡乱射着玩。东风把他的箭由戒指环里刮过去。这个儿童获得锦标,无意中白得一枚戒指。后来有人说:“那个儿童焚毁了弓箭。”于是有人问他:“你为什么这样做呢?”他说:“为了保留先前的光荣。”

有时正当的计划不能借手持明鉴的哲士见诸实现,
有时无知的儿童却误把箭头射在靶子上。

二十九、无求品自高

听说有位寒士,经年坐在洞里,不与他人相往来。国君和一般伟人的威严在他那志趣高尚的眼里视若无睹。

凡是闭门不多求人的，
至死终是高尚的。
不必想望人家，
你要自尊自贵。
无希冀的脖子一定是高挺的。

有一天，某王发出了一个暗示：希望这位高人能和我们坐在一处共餐。那位寒士就依“允从邀请是圣行”这个原则欣然应承。次日，国王亲临寒士茅舍答谢。寒士由自己的座位跳起来，把王拥在怀里，极表赞扬。迨王去后，大众之内有个人问道：“刚才你对王所施的温柔，这却是异乎常情的，在我们从未见过。”寒士说：“你没有听说过吗：

凡是你坐他筵席的人，
当然要起身对他表示谦恭。
耳，可能生平不闻鼓声和琴与笛子的声音。
眼，亦可以忍耐不去游玩园林，
不见红花与风仙花也不至于苦闷。
当没有填满羽毛的枕头的时候，
可头枕石头睡着。
若无有美人来共眠，
也可把手放在自己怀里。
独有这个可恶的肚子，
非至装满食物，
它是绝不会忍耐的。

总　评

全章的命意，是劝世人不要贪财好吃，不要攀附势力。财大有险，食多伤身，知足常乐，能忍自安，这是古今中外永世不灭的定论。世上有好多罪恶，全是由钱多造成的。贫无聊赖，居无定所的时候，虽穷，而穷得平安，睡得踏实。及至财源茂盛，大运亨通起来，种种苦恼接踵而至，直弄得心身朝夕不安。意外的恐惧，想不到的虚惊，层出不穷。不信，问问富而贵的人们，是不是正在饱尝这种滋味？普通人的眼光，差不多全射在财势的方面，总以为有财有势可以做人上人。其实财算个什么东西，势又有什么样的趣味。财与势均不一定能用来修身养性。只有知识，能用作精神的食粮。而且越多越不觉多，越增越能变更人的不良气质。唯独财与势越膨胀越增危险，而且还越多越觉不够。经年奔波，自身享受得有限。一蹬腿赤手空拳去钻土，所留下的几个臭钱，无非是助长儿孙们造孽。不如此而把财势用到正处的，万里之中能有几人？在一般庸俗人中谁不盼望发财？哪一个不想要显达？及至发迹后不走正途，为所欲为，至死落一个全身罪污，竟至不知设法刷洗。这类人都是被财势所累，他过去的求发迹，正是给自身求祸，更是为后代留下祸根。

本章共计二十九节，各具一种浓厚趣味。尤其是第二十九段描写人类社会之世态炎凉，可谓处世做人之警钟。读者须细加玩索，幸勿视为小说一类。这一点是译者所望于各方同志的。

第四章　寡言的益处

一、言多失慎贻人口实

我曾对一位朋友说："在大多数时候我闭口不愿谈话，因为言谈之中好的坏的全有。在一般仇敌只是注意坏的。"那人说："仇人看不出优点来，这是最好不过的了。"

怀恨的人，
每逢遇到一位清廉人，
就毁谤他，
说他是一个狂傲的，
说谎话的。

技能在仇人的眼里视为绝大的污点。萨迪纵是红花，但在仇人的眼里却属荆棘。照世的阳光在蝙蝠的眼里不以为美。

二、莫对仇我者宣泄自己的伤痛

某一商人折了千元的本钱，于是嘱咐他儿子说：“你对任何一个人不要谈这些话。”他儿子说：“爸爸！我遵你的嘱咐，不说。但是你得让我知道匿而不宣的好处。”他说：“为的是痛心不至于复加：一是折本，二是邻人的称快。”

你莫向仇人述自己的忧愁，
若然，
他们就表示快乐着说：
他可没有办法了。

三、寡言为藏拙的妙法

某一有才识的青年对各种技能都有充分的造诣，只是他的天性有些乖张。他和当时的一般学者同坐，闭口不谈一句话。有一次，他父亲对他说：“儿啊！你也述说自己所知道的！”他说：“我恐怕人家问我不知道的，我当面蒙羞。”

你没听说过吗？
一位修士给自己的鞋钉上钉子。
一位军官拽他的衣袖，说：
你给我的牲口钉上铁掌吧！

你不发言，
别人对你没问题，
但是你要说话的时候，
就给了他提问的机会。

四、勿与糊涂人争长短

某位知名的学者和一个邪教徒辩论。结果，这位学者未获胜利。当时，有个人对他说："以你所具有的卓识对于这样一个无宗教信仰的人，怎么就提不出凭据来呢？"他说："我的知识是由《古兰经》、圣语和众长老的名言上得来的。他不信这些，他也不听；那么，我听他的胡说，有什么用处呢？"

凡是你不能用天经圣语战败他的那类人，
对他当以不答为"答复"。

五、与浑人起冲突的便是浑人

某哲士看见一个呆子抓住一个知识分子的衣领，表现出一种无礼貌。那位哲士说："如果这人是有知识的，他对于不知道什么的人不会走到这种地步。"

两个有理智的人不致发生衔恨与斗争，
有知识的人必不和下贱的人起冲突。

如果无知识的人说出野蛮的话来，
有知识的人必用温语安慰他的心。
两个有心人可守住一根毛发，
一个强势的与一个爱好和平的人也是这样。

若是双方都是愚人，
纵然遇到铁链子也必挣断。
一个性情恶劣的人骂另一个人，
那人隐忍，
且说：
前途远大的人哪！
我比你说我的那些话还要卑鄙，
我知道我个人的劣点，
你并不都知道。

六、话多了不甜

萨赫班·瓦耶尔[①]这个人大家公认为他在善谈上无与伦比。原因是有一年他在众人面前谈话，始终不说重句。即使遇上意义一样的句子，他也必用另外的词汇来表达。供职在伟人身边的辅佐，其唯一的条件是这样：

说出来的话如果使人的心甜蜜，
当然是宜于信任与赞扬的。
说过一次的话不要再说，
因为蜜食吃过一次的时候也就足以了。

① 萨赫班·瓦耶尔，阿拉伯著名诗人、雄辩家。

七、天地之大无人自认浑蛋

曾闻一位哲士说："任何一个人绝不会承认自己愚昧；只有一类人却会表露自己不明事理：别人正在讲话，尚未终结，他就开始谈起话来。"

有知识的人哪！
话是有头有尾的，
你不要把话掺在话中。
有经历、智慧与解悟的人，
不看出别人停住话头的时候，
必不张口发言。

八、不要泄露人家的秘密

马哈茂德王的几位人臣对哈桑·麦曼迪说："今日国王对某项议案说什么了？"他说："那也瞒不住你们哪！"大家说道："他对你所说的话绝不向我们这般人说，因为你是帝国的辅佐，是与闻国事的。"他说："王因为深信我不对别人说，所以才告诉我。那么，你们何必多问呢？"

有知识的人绝不把所有的话完全说出，
不要以泄露王的秘密牺牲自己的头颅。

九、不自知的人实在可笑

我正在缔结购买一座住宅犹豫之际，一个犹太人说 :“你买吧! 我是这地方的住户，你可向我询问这所房的情形，大可以说没有一点毛病。”我说 :“只有一点是美中不足——你给我做邻居。

住宅若有像你这么一个邻居，
当然仅值一元钱。”

十、多拍马屁亦得有经验

一位诗人走到某一贼头的跟前，对他一味地赞扬。贼头吩咐把他的衣服剥下，逐出村外。这个无可奈何的人赤条条地打着寒战离开了，一群恶狗追随他的身后狂咬。这人想要拾起一块石头打狗，无奈石头冻在地上，他没有办法。贼头在楼上看到他的情形，就笑着说:“哲士! 你向我有什么要求?”他说 :“如果你施恩了，就把我的衣服还给我!”常言道 :“我们放弃你的馈赠，情愿起程他去。”

人是希望得到别人的好处的，
我不盼望你的好处，
你也不要对我有什么坏处。

贼头对他行慈，把衣服还给他，另外又赠他一件皮衣，还有几个钱。

十一、关于星士胡说八道的一个证明

某一星士回到家里，看见一个野男子和自己的老婆坐在一处，他就破口大骂，说出好多不堪入耳的话来，由此大起冲突。一个有心的人经过那里，看见这种情形，说道：

你既不知道自己家里有什么人，
你又如何能知天上有些什么东西呢?

十二、无超凡的特长尚且自鸣得意

一位声音可憎的演讲家，自觉音调很好，毫无自知地高叫。他那声音像是乌鸦狂叫。或者是："的确，声音最可憎的实是驴声。"[①] 这段天经是指着他颁降的。

音调高亢的演讲家喊起来的时候，
他那声音能够震动波斯的高宫。

本村的民众以他所处的地位而忍受他的折磨，均不敢得罪。那地方另一位演讲家暗中与他不和睦。有一次，那人对他说:"我梦见你了。"他说:"好哇! 你梦见什么了? " 那人说："我梦见你的声调变好了，诸人听到你的声音均感觉愉快。" 这个演讲家俯首默思片刻，遂说："你梦见的这个是一个可庆的梦，因为你令我知道自己的短处了。我已明白自己的声调可

① 《古兰经》第三十一章，第十九节。

厌，一般人听我朗诵都感觉不快。好了，从此以后我再不做演讲了。”

有些朋友令我感到靠近他们就伤感，
因为他们把我的恶性看成优美的。
他们把我的短处看成技能与长处，
我的荆棘在他们认为是红花与凤仙花。
你对那不客气的耿直的仇敌说吧！
叫他们把我的短处指给我！
凡是别人不肯当面说他短处的人，
他就由于愚昧把自己的劣迹当作技能了。

十三、糊涂成性至死不悟

一个人在辛贾尔[①]礼拜堂里兴奋地吟诵唤人礼拜的文词，他那声调令人闻之逃避。寺主是一位好善公平的长官，不欲惹他伤感，于是便说：“青年，本寺很有几位早已聘定的宣礼师。他们每一个人仅得五枚金钱。我送你十枚，请你去到别的地方念去吧！”

他们就这样决定了。经过一段时期，那人在途中遇到该长官，说：“东主！你欺负我了。你出十个钱把我请出去，在这里人家给我二十枚，叫我去到别处，我尚未肯接受咧。”在场的众人听到他这话，全都笑得要死。长官又吩咐给他一点东西，说：“你要记住，他们不给你五十枚的时候，你不要走开！”

一个人用铁锹在硬石上铲泥，
就如同你的声调刺心一样。

① 辛贾尔，伊拉克北部边境城市。

十四、托名“为教门”而整年干糊涂事

一位声调难听的人朗诵《古兰经》，一个有心人在他面前经过，问：“你每月能获多少报酬？”他说：“毫无所得。”那人说：“那你何必费这么大气力？”他说：“我因为主上念。”那人说：“请你因为主上不要念了。

如果你这样念《古兰经》，
你就泯灭了伊斯兰的光辉。”

总　评

人的嘴生长在自己的头上，各有各的谈话自由。然而，在这个自由里，不要太随意。一样的话在朋友听着赞同，而仇人就要反对。遇到无发言的必要，而徒贻仇人借口飞短流长的时候，顶好是给他个绝口不谈。“说仇人看不出好来，这是最妙不过的了。”话虽这么说，最好是不该说的废话，总要少说，大可以不说。免去仇人胡乱批评，自己多些苦恼。阿拉伯人尝说：“少有好说的人得平安。”这分明是肯定：好说是惹祸的根苗。好说，有的是出于天然的习惯，有话不说总觉苦闷，有的自以为多知多懂，富于阅历。殊不知人的短处多而长处少，藏拙之道再没有比寡言绝妙的了。智者和愚人起辩论，终是识者败北。因为糊涂人的强词夺理，是无法应付的。跟糊涂人发生冲突，在旁观者，必认定你也是个糊涂人。世人谁也不承认自己不大明白。好唱的

人，有的嗓门赛似破铜，唱起来南腔北调，而自己总觉着很不坏。再有人徒劳赞美他几句，他越发辨不清南北了。这类人非得自己醒悟过来，旁人无须给他说破。即使说破，在他不但不听，且恼恨得要死。那么，又何必跟他白费话呢？

第五章　青年的恋爱

一、好生恶死

有人向哈桑·麦曼迪说："马哈茂德王有好多貌美的后妃，每一个都是世上所罕见的。但是他无论爱哪一个，都不如偏爱阿雅兹，而这个后妃并不怎么特别美丽。"哈桑·麦曼迪回答，凡是内心中意的，在目中便觉得特别美丽。

设若他用怜爱的眼看魔鬼了，
那魔鬼在他眼中便是高尚的天仙。

二、既有爱情不得指责

有人传说，某君有一极美丽的仆妇，为他所热恋。有一次，他对自己的一位朋友说："我这一仆妇，以她所具的丽质，如果不好唠叨，不做失礼貌的事情，那该多么高尚啊！"那人说："老兄！你既承认爱她，那就不必指望她有什么礼节了，因为当彼此有了恋与被恋的情形的时候，主仆的区别自然消失了。”

主人和花容月貌的仆人嬉戏的时候，
这一个像主人似的作威，
那一个像仆人似的俯伏，
这有什么可稀奇的呢？

三、爱的真义

我曾见一位修士对某一人发生恋爱，他因此遭到了很多非议与毁谤，而终不停止，且说：

纵然你用利剑来砍我，
我绝不撒开你的衣服。
除你以外无一投奔的所在，
如果我逃跑了，
我就逃往你这里。

有一次，我责备他，说：“你是个有理智的人，为什么如此发狂，执迷不悟呢？”他说：

在不拘那里，
若登上了爱的高峰，
自负的洁白就变得软弱无力了。
陷入泥塘没及襟领的无可奈何的人，
何从再思及衣服被污染呢？

四、真爱不会中途有变

有一个人心神不定，不惜丧失自己的生命。他那对象是一个危险可怕的存在，并不是可能入口的食品，或是可能落网的飞禽。

在金子打不动爱人的眼的时候，
金子与土块对你当无区别(金子像土块似的失去价值)。

有一次大众忠告他："你不要想入非非！有些人也曾像你这样想。结果，弄到被拘，两脚被羁。"那人凄凉地说：

朋友们啊！
不要劝告我！
因为我的眼睛里只是一个她。
不肯为钟爱的人牺牲一切，
那还能够谈得上真爱吗？

不知克己的你，是个不忠诚的讲求恋爱者。
如果你得不到达至爱友的途径了，
因为追求，
全致死去，
那却是恋爱的条件。
我的手若能抓住她的衣袖，
我就抓住。

不然的话，
我就情愿死在她的门槛上。

他的一些近亲契友因为顾虑他的前途，惋惜他的光阴起见，全都劝阻他，他就是执意不听。

最可痛的是，
医家告之用黄柏，
而嗜好的心情愿吃砂糖。

你未听过某一被恋者对于醉心于他的人说吗？
你始终是在顾及自己的地位，
我在你的眼中还有什么价值呢？

据说，有人把这情形告诉他所依靠的那位太子："有个青年人每天徘徊在这个地方，那人性情温和，语言甜蜜，他说出的些个妙语，人们都爱听他深义的谐谈。所以，大家都明白他是醉心的，急迫的。"太子了然自己是那位青年人心目中所信赖的人，是自己生活的原动力，他就向那位青年人走去。那青年人看见太子真的来到自己的面前时，他就笑着说：

那置我死地复又来我跟前的人！
恐怕他对自己所杀害的人感觉烧心了吧！

这位太子对他百般安慰，问他："你怎样？你来自何处？你会什么工艺？"而这位青年人沉溺在情海，竟至喘不上气来，终不能答一句话。

如果你是能够背读全部《古兰经》的，
当你心入醉乡的时候，
你就不识其中的一字了。

太子说："你为什么不和我说一句话呢？我也是渴望恋爱的，且也想侍奉爱人的。"终于，那位青年人以亲近由情海的澎湃中抬起头来，说：

有你而也有我。
有你发言而我也发言，
这未免太奇了。

他说完这话，大喊一声，遂就一命呜呼了。

被杀在爱友的帐篷门外，
不足为奇；
所奇的是，
生人怎么能安然付以性命。

五、真的恋爱者瞧不出爱人的疵点

一位女生具有十足的美貌，并且善于言谈。教师以属于人类的感觉对于她的曲线美发生一种冲动。在彼此相逢的时候，他就对那位女生说：

面似乐园的人哪！
我是注意你的，
甚至心中不知道尚有个自己。
我看你都不能闭眼，
纵然我瞧见箭由对面射来！

有一次，这个女生对他说："你在学业上督促我了，希望你在礼貌上也要那样教导我。如果你查出我有不堪的性格了，那时，对于我尚且自觉为美，你要指示给我，好叫我赶快地矫正。"他说："你这话大可向别人去问，因为我的眼光对你却看不出一点疵病来。统是优美的，我只看见优点。"

忌妒者的眼——
该瞎的东西，
技能在他的眼里视为短处。
如果你有一项技能，
七十件疵点了，
朋友只看见你那一项技能。

六、爱的成分

记得有一晚上，一位贵宾走进门来。当时我不自觉地跳起来，致使我的油灯被衣袖扑灭。

盼望黑夜能以见她而放光明的人连夜到达了，
我惊异自己的幸运，道：

如此洪福，
从何而来？

她坐下，提出责斥："刚才你乍一看见我的时候，为什么熄灭了油灯？"我说："我以为太阳上来了，不需再有油灯。"

七、爱不让人

记得前些年，我和一位挚友如同两片核桃仁在一个壳里似的相互接近。忽然，那位挚友失踪了。经过一段时间，他回转来对我表示嗔怪与责备，说："这么久你为何不打发一个差人到我那里去？"我说："我不愿差人的眼以看见你的美容得到光明，而我不获沾润。"

你对我的旧友说吧，
你不要用口舌来劝我！
因为我的转向除非用剑，
必不可能。
我不欲别的人看你生厌，
我更说：
任何一个人不致看你有够。

八、讲恋爱的概不介意

我曾见过一位知识分子，被其爱人所折磨，先是严守秘密，而后渐渐显露，因此，遭受很多迫害，感到无涯的痛苦。有一次，我暗中对他讲："我深知道你恋爱这个对象，并不含着什么私欲，你羡慕他本不是一个错误。但是，自招物议，受这个下等人的摧残，这是不合学者身份的。”他说：“朋友！请你不要这么责备我！你所持的这种见解，我已不断地思及，我忍受这般摧残，较比看不见他容易。”哲士们尝说：“感受痛心，较易于睁眼不见被恋者。”

凡是一心挂恋爱的人，
他便甘心受人的迫害。
被羁的獐子，
必不能自由行动。
凡是无他而不能生存的人，
如果他毁害你了，
可要忍受。

有一天，我对爱人说了一句“务必的”，就在那日我是一再地求他谅解。对爱人彼此不要说什么“务必”，我是始终和他心心相印的。他喜欢的时候召我而来，不高兴的时候挥我而去，这是他可以随便的。

九、爱人应有同情心

在少年时代，我有一个爱人，只因他有娇柔的声调，如月的美容。有一次他出现了一种不合理性的举动，惹我不满，从此我不欲搭理他，且说：

你去吧，
你可随便跑到一个地方，
你没有同情我的心，

你去自由行动吧!

我听他临走的时候说：

如果蝙蝠不能接近太阳了,
太阳的光辉不至熄灭。

他说罢这话，就外出旅行了，我深惦念他受颠沛。

我失掉接近他的时日了,
人,
在未遇难以前不明生活愉快的味道。
回头来吧!
请你把我杀掉!
因为先你被杀强过在你去后独自生存。

虽然，感念安拉，他在一段时间以后又回来了。但是他那达乌德[1]似的音调已然改变了，优素福般的美貌消失了，他那副像苹果的腮颊长出胡茬儿，先前的漂亮全然改观了。他希望我拥抱他，我把他推到一旁，我且对他说：

在你具有爱人姿态的时候,
你不容爱看你的人看你。

① 达乌德，《古兰经》中提到的古代先知之一，《圣经·旧约》称“大卫”。他是一个能使群山和鸟群听命的有能力的国君（38：17—20），安拉把四部天经之一的《宰逋尔》（即《旧约全书·诗篇》）降示给他（17：55，4：163）。

今日之后，

直的曲的[①] 在脸上长出来的时候，

你前来对他表示爱慕。

你那面上春天似的鲜艳已然褪掉变为黄色的了，

你不要放锅，

因为我们的火已经熄了。

你摇摆狂做好多次了，

你要回想以往的光辉！

你去到那讨你的人的面前，

你对那买你的人撒娇！

有人说：

林园中的绿色是美观的，

只有说这话的人知道。

你的园圃是韭菜畦子，

在你拔除以后，

它依然长出（指面上的毛说）。

耳珠的毛无论你拔与不拔，

这个好时光终究有个结束。

我曾问道：

你的美貌哪里去了？

恐怕是铁锈集合在月的四周了吧！

他回答道：

我不知道自己的面貌是怎的了，

也许是我的美容由于相思被黑暗所遮了。

① 指胡须。

十、逾时的同情不被接受

我问一个学阿拉伯文的人，你对于一般少年才俊作何说辞？他说：“对他们来说没什么可誉的地方，他们任何一个人正在青春的时候，总是表示出一种不驯，及至年已老大，始显出一种温和态度。”犹言：

这般美少年，
当貌美娇柔的年纪，
冷若冰霜。
迨至不中用的时候，
始显出一种温和，
表露一种亲爱的态度。

无鬓的美少年当貌美甜蜜的时候，
是语言苦辣，
性格暴躁的。
及至长出胡须的时候，
始肯与人聊合，
博人喜爱。

十一、众口铄金劳在必防

有人问一位学者，一个人和一位美貌的丽人共坐一室，紧闭房门，一般同伴均入睡乡。这时候，性欲在冲动着，一如阿拉伯人说：“果实正在成熟，园丁并不阻挡。”在如此情形之下，用守身如玉的力量安然度过，可能做到吗？学者回答："纵使他能安然脱开丽人，但是，他也难以逃离一般的胡言乱语。

人可能对于自己的事情退步，
只是难以封闭人们的口舌。

有人把鹦鹉和老鸹装在一个笼子里，鹦鹉由于目睹老鸹的丑态不由地伤感起来，说:"这是个什么可憎的形态？可怒的相貌，被诅的面孔，不合理的构造。倒霉的老鸹！但愿你我彼此之间有东西两方的距离。"

凡是晨起看见你的人，
平安日的早晨在他成为晚间了。
唯有像你这么倒霉的才宜于挨近你。
虽然世界上和你一样的无处寻觅。

最可奇的是，老鸹因不愿接近鹦鹉也厌烦得要死，一个劲儿地悲哀。连说："没办法。"甚至摩擦自己的爪子，说："这是多么倒霉啊，卑贱的境遇，变态的时光？宜于我的身份是：我和别的老鸹摇摇摆摆地去到一座园林的墙头上。我做下什么罪恶了，而受到如此惩罚，竟把我列入这个不同类的呆子一流，使我遭受如此的磨难？"

凡是画你那形态的墙垣，
必无人来到它的下面。
如果乐园里有你的位子，
别的人就情愿入火狱了。

我作这个比喻，好叫你知道：一如有知识的躲避无知识的，而无知识的也是对于有知识的感觉痛苦。

一位修士混迹于一群流氓之间，
内中有一个伯利恒人说：
如果你烦恶我们，
你就不要坐在这里蹙额，
因为你在我们之中也使我们感觉痛苦。
大众像红花玉簪似的相处在一处，
你就像我们之中的一根干柴。

十二、绝交后要留余地

从前我有位伴侣相偕做长途旅行，我们共同就盐吃馍，相处的感情无比深厚。后来，他因为些微的利益随便伤我的心，双方的友谊从此无形断绝。

但是，彼此尚怀挂虑。原因是，我听说有一天，一些人在一个会场上诵我作的几首诗：

当爱人含笑进来的时候，
他那是往伤口上撒盐。
如果他的鬓发落在我的手里，
如同贵人的衣袖落在穷人的手里，
那有什么不可呢？

朋友全都赞美这句话的意味绝妙。我那位旧友也从中尽力地称扬，并叹息失掉多年的友谊，且承认自己的错误。

我们彼此之间没有协议与信约吗?
只是你施行无礼，
违背信约了。
我曾经远离世人全心倾向于你，
我未料到你突然变心了。
如果你尚有和好的意思，
你就回转过来!
果然，
我比往常更加进一步地爱你。

十三、妻死后丈母娘仍追索彩礼

一位美貌的少妇与世长别了，年高的丈母娘遂因为追索未付清的彩礼，纠缠不去，女婿厌恶得要死，只是无可奈何。有一次，几个朋友来会他，说:“自从丧偶后，这些时光你的景况怎么样呢?”他说:“看不见妻室，不比目视丈母娘更痛苦。”

鲜花被风刮掉而荆棘依然存留，
珍宝被劫而巨蛇尚在盘桓着。
目视枪尖较比看仇人的面孔好受。
断绝千个朋友尚属可行，
只是不可看见一个仇敌。

十四、溽暑遇少妇饮清水返老还童

记得我在幼小时候经过某一巷口，时当炎热的天气，遥见一个少妇，翩翩而来，气候的暴热烧滚了口水，它那毒气耗干了骨髓。我因为体质衰弱不能忍耐阳光的炙晒，便走到墙下乘阴，盼望有人以一罐子凉水给我稍释干渴。正在这个时候，突然从影壁的后面出现一道白光，却是一个美貌非凡的丽人，出现在眼前。其情有如曙光发现于黑夜，或如长生不老的泉水出自黑暗大山。那个美女手持着一盏雪水，内里掺有砂糖与香汗。我不知道那是借着花水喷出的奇香，抑或是几滴来自她那如花的面上的香汗。总之，我由丽人的手上接过水来，一饮而尽，自觉立刻返老还童了。

以我心中的干渴，
纵然喝尽了海水，
恐怕也不能解渴，
吮点清水究有什么功用?
善哉，那些幸运的人们，
可以每天清晨瞻此丽人的丰姿。
醉汉睡到半夜便能醒来，
掌酒的人醉了，
只得待至死后复起的那天，
方得苏醒。

十五、喀什噶尔的一个美貌玩童

有一年，花剌子模王穆罕默德，为着某种权益提出与和阗议和，我进到喀什噶尔的大礼拜堂，看见一个貌美的玩童，十分的窈窕，极端的艳丽。其情有如人们所称：

我们未见过如此形态的生人，
恐怕你是由天仙上模仿得到的这个姿态了吧！

那玩童手持泽麦赫沙勒的文法书，诵："翟来白，栽德，欧麦尔……"[①] 我说："小孩！花剌子模与和阗全都讲和了，怎么栽德跟欧麦尔依然是在敌对着？"他笑了笑，遂问我是哪里生人，我说设拉子人。又说："你记得萨迪什么话吗？"他说："是的……"他又说："他的诗在这个地方大半是波斯文的，如果你操波斯话说出，当然要极容易解悟，常言道：'你要切乎人的理智来说话。'"我说：

你的秉性偏于文法学，
你的形态从我们的心上夺取悟性了。
哎！一般依恋者的心是你网中的猎物。
我们恋你，你恋栽德、欧麦尔。

次晨，我打定主意，要去到别的地方。当时有人告诉他说：某人

① 意即栽德打了欧麦尔。

就是萨迪氏，他遂就跑来，表示谦卑，一再叹到："这么好久，你为何不说自己就是萨迪呢？如果你先告诉我们，我们一定要竭力表示欢迎的。"我说：

有你在眼前，
"我就是萨迪"这样的声音，
实难发出。

他说："如果你在这块土地上休息几天，让我们在从事伺候中得获益处，那有什么不可呢？"我说："不可能，原因是：

我会见一位伟人隐居在山川，
抛弃今世而以一个山洞知足了。
我问：
你为何不进到城去，
以便暂为展开胸襟。
他说：
在城市有些俊美的佳人，
当泥泞多的时候，
体大如象的也难免有个滑倒。"

说罢这话，我们彼此吻了头与脸，作辞而别。

吻爱人的面，
能有什么用处？
就在那一转瞬之间便就与他分离了。

其情有如苹果告别园林，
这一面是红的，
那一面是黄的。
在离别的那天，
如果我未因爱而死，
你就不要认为我在爱情上是忠实的。

十六、有患得必有患失

希贾兹商队里一个着衲衣的和我们搭伴旅行，阿拉伯的某一长官赠他百枚金钱，供他功修。海法杰那里的一伙强盗突然洗劫了这些客人，被劫的旅客顿时号哭，还掀起一阵无用的喧哗。

任凭你哀怜嚷闹，
当强盗的必不会退还给你。

其中只有一个贫汉，依然沉静，不变常态。我说："大约是强盗未把你那点东西劫去吧！"他说："不，他们已然劫去了，只是我在平常就不怎么恋它，所以在失掉的时候也不感觉悲伤。心不得依恋任何一个物品与一个人物，不然，一旦失去，欲不痛心，实在难能。"我说："你这话跟我从前的遭遇相同。记得在幼年的时候，我和一个青年发生了友谊与纯洁的爱情，他的美容成为我目光的焦点，接近他好像是我生存的动力。

恐怕他是天上的仙子吧！
不然的话，

在大地上不能有他那么形态婀娜的。

在他以后誓不接近别一个，因为世间，再不会出现像他这样的人。未几，他那生命的脚陷在了死亡的泥沼里，离别的烟由他的烟囱里冒了出来，我说：

深盼在你寿终的那一天，
我追随着你死去，
以免在今日之下，
我的眼看见无你的世界。
而今我是在你的墓旁，
将来什么人在我的墓旁？
在离开你以后，
我就决意再不恋任何一个人了。

若不是害怕风浪了，
海上的益处是很多的。
设非荆棘丛中打扰了，
接近鲜花那该多么好啊！
昨晚我在园林内盘桓像孔雀似的撒娇，
今日我就由于离别伴侣，
像蟒似的缠了起来。

十七、爱人眼里出西施

有人向阿拉伯的某王述说莱伊拉和马季农的事迹，告之他们的境遇极其欠佳，据说:“以他那满腹经纶而奔驰在野外，失去天赋的自由，这是怎样地表现无意识？”王吩咐把马季农带到。及至相见之下，王就开始责备，说:“你于人类的高贵看出了什么破绽，而竟自习染牲畜的性情，抛弃接近人类？”马季农叹息着说:

许多挚友责备我，
不应这样恋她；
他怎么就终究没有看见她的那一天呢？
若然，
他就代我解释我的苦衷了。

美人啊！但盼那些搜寻你的污点的人们，亲见你的容颜。就像那个大家正在割梨的时候因为看你而刀割自己的手的故事[①]。到那时候，内幕的事实始证明这个争辩不虚。《古兰经》云:“这是你们因他责备我的那个人。”[②]至此王欲亲见莱伊拉的心油然而生，心想:“这人究竟是怎么个貌相？他竟自推动这么大的风潮。”于是王就吩咐把莱伊拉寻来。大家就在阿拉伯的各个地方去寻找。他们找到她的时候，就把她带到一座宫殿的天井与王会面。王看了看她的形态，见她是一个体质衰弱，肤色黧黑的人，于是不由自主地表现出了一种轻视。只因他那王宫里最末的一个从人，都比她美丽，比她装饰得好看。这时候，马季农看出王的轻视来了，他就说:“你应由马季农的眼窗里审视莱伊拉的美貌，必如此，你才能看出她的真美来。”

---

① 当年的优素福为主妇所倾慕，一般妇女笑她无耻。该主妇知有人谈论她的短处，乃邀来指责她的众妇会餐，席上预备梨和切梨的小刀。及优素福出现在众妇面前的时候，大家正在割梨，而于见那优素福美貌之下，误把自己的手指割破。这时候，主妇就对大家说:“这是你们因他责备我的那个人——优素福。”

② 《古兰经》第十二章，第三十二节。

健康的人不知创伤的痛苦；
唯有同病的人知道。
对于生平未受过蜂螫的人说蜂的螫，
无什裨益。
当你未像我们身临其境的时候，
我们的处境对于你终是一种笑话。

十八、某法官的风流艳史

传哈马丹的某一个法官，爱上了补鞋匠的儿子，成天苦苦地追求，无片刻的停息，且常依其环境说这话：

那个艳如桃花的美人接近我的眼帘，
他自我的手中夺取了心，
而置在自己的脚下。
那个冷若冰霜的人套住我的心，
如果你不欲自己的心被人劫持，
顶好是你闭上眼睛。

听说这个小儿在路途中逢见法官了，平时他也闻法官对他的爱慕，他很发怒。及至彼此相遇，这孩子破口肆骂，说出好多不堪入耳的话，终至举起一块石头，毫无顾忌地掷去。这时候，法官对他的一位同僚说：

你看这个美人——他那嗔怒！
你再看他那又酸又甜的表情。

阿拉伯人常说：“挨爱人的打，如同吃葡萄那样味美。”

由你的手上吃拳头，
强似用自己的手吃面包。

别瞧他这时候的羞答答，恐怕经过一个时期就能缓和。因为做王的多是表面上强硬，而暗地是极其温和的。

刚结的葡萄滋味是酸的，
你若忍候二三日，
它便发甜了。

他说罢这话，转回法院，当时有几个公正人苦口劝他说：“我们为长官的利害计，想说几句直话，纵虽有失礼貌，也在所不计，哲士们尝说：

不是什么话都可说得，
指责大人们的错误便是错误。

但是因念及长官平素对待我们的厚恩，看出该说的情形来而默然不语，这便是一种背信。据我们看来，最好是不要贪恋那个青年，因为法官所居的地位很高，不应以无耻的行为玷污自己的德行。话说到这里，当然你要明白：

往常不顾颜面任意妄行的人，
他焉能顾及别人的颜面，

许多五十年好名望的，
一个丑名就把他糟蹋了。”

法官听到同人们这些忠告，极表快悦，且盛赞大家的美意，说：“诸位对我的忠告是正当的，这却是一个无可答辩的问题，但是你们再听我这话：

任凭你对我进忠言，
只是你不能洗掉锈上的黑。
你不能运用任何一种方法使我忘却恋爱。
我如同是头部被敲的蛇，
不能再次缠起来了。

法官说罢这话，派人去访查那小儿的境况，因此用去大批的财物。世人常说：“凡是有财力的人，就不需要运用臂力了。”

金子，
任凭什么人见过它，
虽从铁杆称，
也必低下头。

总而言之，有一晚上，彼此同居了，就在当夜警察方面听到消息：法官整夜饮醉，拥抱爱人作乐，且唱：

今夜盼望公鸡届时莫鸣，
因为爱者于拥抱与接吻上尚未满足。

正在这个时候，一个从人突然走来，说："你怎么还在这里坐着？起来吧！你既有脚，赶紧快跑！因为那些嫉忌者侦得你的秘密，他们公布你的实情了！现下祸患的烈火尚属微小，请你赶快把它熄灭！恐怕明天高起来，难免燎原哪！"法官含笑看着了他一眼，说：

捉住牲的雄狮，
何至被犬的狂咬变更了态度？
你只管倾向爱人，
任凭敌人搔他的手臂！

是夜，有人禀告当时的国王："如此恶人在你的国内被发现了，你怎样处置他？"王说："我认为他是当代的学者，现时的唯一人物。这类话是反对者故意捏造，意在毁他的名誉。除非亲眼看见，我绝不听信。因为哲士们常说：

轻信传言的，
终至以追悔的牙咬伤自己的手背。"

听说，五更天的时候，王就带领几个亲信，突至法官的枕边。但见蜡烛燃着，丽人坐着，酒倾觞碎，法官正在醉梦，失去知觉。王把他轻轻唤醒，说："起！太阳上来了。"这时候法官明白了是个什么情形，遂说："自哪边上来的？"王惊异道："从东边，一如寻常。"法官说："感谢安拉！忏悔的门依然是开放的。先知穆罕默德尝说：'非至太阳升自西边的时候，必不给罪人闭上追悔的门。'

促我作恶的是两件事：

不吉庆的命运，
和不健康的理智。”

王说：“在你快要亲尝刑罚的这个时候表示追悔，自属无济于事，经云：‘当他们亲见他的刑罚时候，他们的归信无济了。’①”

在你不能把链子搭在墙头上的时候，
始追悔不再做强盗，
究有什么用处啊？
身材高大的你不要伸手去摘人家的果实，
因为身材短小的人本握不到树枝。

以你这明显的偌大罪恶，意想避刑，哪得能够？王说罢这话，遂吩咐几个执刑的人抓住他。法官说：“本人在王的面前尚有一句话，希望侧耳一听！”王说：“什么话，你要快讲。”法官说：

你不要以为向我甩了厌烦的袖子，
而希望我撒开你的衣服。
如果因为我所负的这样罪恶很难赦免了，
在我依然是盼望你所具有的仁慈。

王说：“你这话说得固然巧妙，义且深沉，但是在今日之下欲图脱离刑罚，这在理智方面和法律方面是绝不可能的。我看顶好是把你由城墙上掷在下面，一使别人警惕，二免接踵效尤。”法官说：“当今的主子！我是受着国恩生存的，世界上并不是我一个人做这种罪恶，请你

① 《古兰经》第四十章，第八十五节。

掷一个别的人于城下，好叫我有所警惕。”王哈哈大笑，遂就赦他无罪，继而对那些主张治死该法官的人们说：

你们既都是有短处的，
而何必又来攻击别人的短处？

总　评

伊斯兰不禁止谈恋爱，只是限于纯洁，不设猥亵。因为恋人，情物，为我辈各个天性所必有。生来一个人，对人对物概无爱心，那岂不是失去做人的意义吗？像这类麻木不仁的废材，究不如草木和金石，有些灵威。记得某道学家著的某书上说：在马格里布某一山上，有些光彩夺目的怪石，每有诗人在那里歌吟男女爱情的诗句，读到紧张的地方，那些怪石乒乓乱碰，观者司空见惯，不以为奇。此景乃合所谓“人非草木，孰能无情”这句话，仅可列入老生常谈。毕竟说，木石却也含情。人群中不正当的爱，比如只以皮肉的接触，而致解决兽性的冲动罢了，此外别无作用，这种恋爱是我伊斯兰教绝对禁不可行的。若本章第十七节，莱伊拉和马季农的一段故事，在伊斯兰贤达们统认为：那是神圣的恋爱，以其属于纯洁的，不是污浊的。不然，以莱伊拉那种奇丑，在一味纵欲逞性的人，谁肯爱她；明乎此，则可明了，真爱乃发于心，并不在外表。默查今之讲求恋爱的，如果遇上莱伊拉那类母夜叉，也能像马季农那么追逐吗？走遍全球，恐怕不大多见吧！

第六章　衰弱与老朽

一、一百五十岁老人临终谈话

有一次，我在大马士革礼拜堂和几位知识分子正在讨论学理，忽然走进一个青年，说:“这里有人会操波斯语说话吗？”大家往我这里指，我说：“什么事情？”他说：“有一位一百五十岁的老者正在垂危的时刻，他操外邦语说话，我们全都不明白。如果你肯发慈心劳苦一趟，那必然是有好处的，恐怕他有什么遗嘱。”当我临到他枕边的时候，就听他说这话：

我说，
我随便叹几口气吧！
可惜，呼吸的要道将要闭塞了。
我们在寿限的各色宴席上吃了几度，
忽然有人说：
够了吧！
这是怎样的可叹哪！

当时我用阿拉伯语对叙利亚的人们述他这话的意思，他们全都骇怪起来说："这位老汉活了这么大岁数，怎么他依然盼望活着呢？"我对那位老者说："现在你觉得怎样呢？"他说："没什么话可讲。"我说："你不要想象自己快死了，你不要过度的胡思乱想，因为希腊的医士们尝说：'胃口纵然健强，也不要认为永无变更；病象虽然可怕，也不完全见得必死。'如果你认可，我就去找一位医生，给你治疗。"说到这里，他就满眼含泪，苦笑着说：

高龄的老汉一旦卧床不起，
任何良医也必束手无策。
在健强的胃口发生变化的时候，
一切方法与医治恐怕不一定有效。

二、老夫少妻的一番趣话

相传一位老者娶进一位妙龄女子。用上好多鲜花装饰了洞房，入夜共坐谈话。他一门心思完全倾注在新妇身上，长夜不眠，一再地温语安慰。他认为那些花言巧语必能得到女郎的认同，并可获得充分的接受。那夜这位老者所说的不外是："你太幸运了，你太有福气了，所以你遇到了我这个温和的、饱经世事的、尝过冷热的、试过好歹的老头儿。"他知道亲近的义务，拥有爱慕的条件，且是多方爱护你的，性情是慈祥的，语音是甜蜜的。

他尽力迎合你的心意，
如果你忍心地伤我，
我必不肯伤你。

假若你像鹦鹉似的想吃砂糖了，
我能舍出命去讨你的心欢。

你应当感念安拉，没落到青年人的手里。因为青年们全是骄傲且无定见的，是轻薄狂放的，每时每刻他都想为所欲为，每一瞬间他都要想出一个主意，每晚他都要睡到另一个地方，每天他都要结交一个新朋友。

青年们纵属多才貌美，
但是他们对任何人没有长久的信用。
你对于画眉不要仰望它的信约，
因为它在每一时刻，
都站在另一根花枝上高叫。

他们这班人较之老头儿们相差太远了，因为老年人全都靠着理智和智慧生活，绝不依从青年时代的无知，胡作非为。

你要追寻强过自己的，
你要注意，
莫跟和自己一样的青年生活。

老者说：“我就这样跟她说了一大堆，我以为她这只飞鸟已经落入我的网里，被我猎捕了。”忽然她由极悲痛的内心叹出一口凉气，说：“你所发表的这些话，在我理智的称盘里，不及我在幼小的时候闻我乳娘说的那一句，她说：‘箭头刺入少妇的肋骨，也比一个老汉坐在她的身旁感觉好受。’”

当她目睹本夫身上有如封斋人的干唇般的木棍的时候，
她就说：
他的“那个”是一僵尸，
方法仅可施诸未发动的。
女子不满意她丈夫的时候，
必有许多是非与吵闹是由那个宅里发现出来。
非用拐杖而不能站立起来的人，
他那根棍儿焉能起得来？

总而言之，彼此没有结合的可能，遂就宣告离异了。待至照例的期限过去以后，有人给她和一个青年介绍了婚姻，这个青年是粗暴的，狰狞的，两手空空，性情不良的。她遭到了虐待与苛刻，她遭受了苦楚与困难，但是她仍在感念安拉的恩惠，说：“感赞安拉！我脱离了那个致痛的罪刑，得到这样悠久的恩典了。”

追随着你在刑罚里被焚，
强过和另一个同居乐园。
出自美人口中的蒜味，
实在是优于面丑之人手中的芬芳。

三、不肖子盼他爸爸快死

在迪亚巴克尔[①]地方，我到一位多财善贾的老者家做客。入夜他对我述说：“我生平只有这么一个爱子。在这山谷里有一棵树，大家在

① 迪亚巴克尔，土耳其东南部城市，位于幼发拉底河上游。

那树下祈福，我亦在那树下长夜哀求安拉，结果得蒙安拉赐给我这么一个儿子。”话说到这里，我就听得那个小儿对同伴们低声问道：“那树在什么地方？如果我知道在哪里，我就前去祈祷，叫我爸爸快死，那该多好啊！”

而家长还很得意地说：“我这小儿伶俐得出众。”儿子诽谤着说：“我爸爸糊涂得要死。”

你经过了若干年，
而始终不到亡父的坟前走走。
你对你父亲行过什么孝道，
怎可对你儿子作同样的希望哪！

四、进锐退速，事缓则圆

有一次我因为年幼糊涂，满处乱跑，晚上感觉疲乏，到处都可为家。一个瘦弱的老者追随旅客们到来，说：“你怎么睡在这里，这不是睡的地方”。我说：“我没有代步，如何能走呢？”他说：“你未闻有心的人说过吗？走走歇歇，强过跑乏了不能再走。”

希望迅速到达目的地的人哪！
愿你接受我的劝告，
要你学会坚忍。
阿拉伯的马仅能疾驰两驿，
而疲乏的骆驼依然可以夜以继日地徐徐迈进。

五、生了孩子不复再当孩子了

一个语言甜蜜好说好笑的聪敏青年与我们为伍，我的内心毫无忧虑，整天的笑不绝声。后来，经过好久时间彼此未得会晤。当我再遇到他的时候，他已然娶妻生子，不那么嬉嬉笑笑了。我就问他 :“你的境况如何？”他回答说 :“我既已有了孩子，就不能再当孩子了。”

儿童的时代哪里去了，
白发变更我的鬓角了，
时光的变换，
可是一个警告者。

在长到成年的时候，
就不要再想当玩童了，
把你的嬉戏与诙谐抛给青年人吧!

在你年老的时候莫希望有小青年的愉快，
因为流过去的水不能回头。
当植物达到收获的时候，
它就不像萌芽时候那样摇动了。

青年的时代已然过去了，
可惜我那美好的光阴。
狮爪般的拳头的力量消失了，

而今我像猫头鹰似的一味好睡。

一位老妪染黑了头发，
我对她说：
高龄的老太婆!
即便你能设法染黑了头发，
但是你却不能挺起这个驼背来。

六、惹得老母伤心

有一回我因年轻无知叱了母亲一声，她痛心地坐在屋角，悲泣着说："恐怕你忘记当小孩的时代了吧! 不然你怎么对我这样粗暴呢？"

当她看见自己的儿子虎背象身的时候说什么话了：
如果你记得儿童时代是在我的怀中长大的，
当你勇猛而我成老媪的现下，
你必不肯惹我伤感。

七、吝啬成性的人处处想省钱

一个富而不仁的人，他的儿子有了病，有些人对他进忠告，说："顶好是你为他吟诵一部《古兰经》，或作一次'古勒巴尼'——宰牲作祭。"他俯首思索了一会儿，遂说："最好是吟诵《古兰经》吧，因为那样不至于引出抱怨。"（诵罢无效，必不怨谁）另有一个人听得这话，遂就说："吟诵《古兰经》确是一个省钱的办法。"

天性吝啬的人，
可惜他那些善功均归无用，
这类人肯为一文钱陷在泥塘里。
如果你诵“艾勒哈姆杜·利拉”（颂赞安拉）百遍了，
他亦照诵。（只图省钱罢了）

八、洞房花烛夜老新郎穿甲曳兵

有人对一位老者说：“你何不娶一个女人呢？”他说：“我不欲和年老的人共生存。”大家说：“那么，你如果有能力，亦可娶个年少的。”他说：“年迈的我和年长的老妪不能相处，而妙龄的女子和我这个老汉安能发生好感？”

七十岁的老者希望复返少年时代，
有如胎儿梦见光明的眼。
太太们所需要的是力量，
金钱尚在其次。

谚云：
一根胡萝卜强过十斤肉。
在这一带，
听说有位老者一心要讨个伴侣，
他就娶了一个名叫“宝贝”的幼女，
他且把她像珍宝似的隐藏起来，
不准人见。

入晚，
他依照新婚的俗例进了洞房，
但是，老丈的那个，
经过一度的冲动就疲而不振了。
他张开了弓，
只是射不到靶子上，
因为缝铁甲只能用钢线。

这位老者一味地向朋友们发牢骚，说：
这个可恨的女人把我的家业挥霍到净尽。
于是，夫妇之间时起冲突，
终至告到法官跟前。

法官说：
如此吵闹与现丑其过不在女方，
因为手脚颤动的你，
怎能锁住宝贝呢?

总　评

人，差不多全是越老越贪。一贪长生不死，二贪人旺财旺，三贪终身伴侣。人老了，如同是多年的旧钟表，内部的机件均告颓乏。精神意识，随时退减，生活上已无乐趣，而依然是贪恋这个繁杂的肮脏世界，这是庸常们的通病，超凡的人必不这样。男婚女配，得要出自双方情愿。不如此，而用违背人性的手段诱成的伉俪，感情不谐，终有散伙的那一天。儿子孝养双亲，在《古兰经》上和敬事安拉同样的重要。父母行将入木，子女应格外温语安慰，一如当儿童时代受到双亲那样地慈祥抚育。人到失去双亲以后，始知追悔未尽到孝的责任，始回忆对双亲种种失言与不逊。现在做父母的人们，遇上不孝的子女，在听到本章的故事之余，一定会洒一滴同情的泪。

第七章　教育的功效

一、天生的呆儿无法教育

某辅佐官把自己的一个呆儿送到一位教育家跟前，说："请你好好教导他，希望他成为一个有理智的。"老师教他一个时期，并未发生功效，他就把这个呆儿送归其父，说："这孩子未怎么开化，我已急得要死了。"

凡是天然不能接受教育的人，
任何教育在他身上都不会发生功效。
一切摩擦物，
不能把本质不良的铁给磨光了。
狗，你不要用东海的水洗它，
因为洗得愈湿愈是秽物。
尔撒的驴，你即使把它带到麦加，
待它回来以后，依然是个驴。

二、无技能不能立足于社会

一位博学之士教导他的儿子们说："我的宝贝们! 你们要学习技能，因为目前的权威与洪福本不是可靠的，权威出不去本乡；旅途中的金银含有危险性，不是被强盗夺了去，就是被在上者慢慢地吞去。唯有技能是生存的源泉，悠长的幸福。有技能的人一旦潦倒了，他不会忧伤，因为那随身的本领就是幸福。有本领的人走到任何一个地方，都能受人尊重，都能做首席。无技能的人只能拾面包渣，备尝困窘。

在失业以后忍受贫苦是很难的，
养尊处优的人恐怕要有感受人间折磨的那一天。
在某一个时期叙利亚发生了扰攘，
人们全由城内纷纷逃去。
乡间的知识分子群来进城辅佐国君。
许多辅佐官的呆儿们去农村乞讨。
如果你欲得父亲的遗业，
你就要具备你父亲的智慧，
因为你父亲这几个钱不出十天就能用光。

三、地位高的人更需要明达四五教导

一位学者教授一个太子，他毫不顾情地责打。有一次，太子向父王诉苦，解开衣服，发现很多伤痕。父亲大怒，唤来教师，说："你对待普通的学生全都宽仁，独对我的孩子如此残酷，究竟这是什么原因？”教师说：“原因是普通的人们，说话先要考虑，行动要守纪律，做王的尤该如此，皆因他们的一言一行必定得到众口传播。至于普通人的言行，当然没有什么可注意的必要。”

平民若具有百件不名誉的举动，
和他接近的人未必注意到百中之一。
如果一个在上的人说出一句戏言，
不免要由一个区域传到另一个区域。

所以为着陶冶太子们的气质，较之训导普通儿童，须要格外努力，这是当教师者应尽的义务。

凡是幼小未受过教育的人，
在成人以后恐无好的前途。
潮湿的木头你可任意把它弄弯。
干木非经火烤而不能取直。

教师这番深刻的见解，这个圆满的答复，国君听着深以为是，遂赠予他重赏，提高他的级别。

四、训教学生要刚柔并施

我在坦阿勒城遇见一位教授。这是个面酸语苦的，性烈伤人的，秉性乖张的，不近人情的人。男女儿童们因饱受他的威吓，不敢说笑，因为他常常对学童这个腮颊一巴掌，那个小腿一木棍。后来家长们知道他那野蛮的大概情形，就把他驱逐了。在他去后，大家把他这处学校交付给一个平和的教师。这人道德高尚,和蔼,性情温和并极有涵养。平素无必要的时候不多说话，伤人的言语绝口不说。自此以后，孩子们的心里再没有对老师的畏怯了。他们利用后来的这位老师天使般的性格，并依赖他的容忍开始狂闹起来，忘却了专心学业，大多时候在一处做游戏，彼此用破碎的木头互相抛掷。

教师若是不加斥责，
小孩子们就在大街上用羊蹄骨做起游戏来。

两个星期以后，我经过那座礼拜堂，遇见先前那位教师，大家对他好言安慰,又叫他复职了。我瞧见如此情形,不禁伤感地说:“没办法,怎么又让魔鬼给天使们授课呢?”一位饱经世事的聪明老者笑着说：

某一国王把儿子送到学校里，
胸前挂着一个银牌，
并用金子镶嵌着：
“师傅的打强过父母的爱”这个字样。

五、一个不纳忠言的青年的下场

一位修士的儿子继承了他叔父的一部分遗产，就开始荒淫无度，日以浪费为能事。总之一句话，所有的罪恶，没有一件他不做的；所有的酒,没有一样他不喝的。有一次我忠告他:“小子!收入如同是转磨,支出像似流水，犹言：‘多多耗费，只限于有相当收入的人。’”

在你无有正当收入的时候，

务要徐徐地使用，
因为舟子们常唱：
若是山川不见甘霖，
多年的底格里斯河也能干涸。

你要注重理智与文学，抛弃游戏与玩耍。因为一旦财产用尽，你就要面对困难了，你就知道懊悔了。那个小儿因沉湎于好喝好玩，不听这话，还驳斥我所说的。他说："唯恐今后遭受颠簸而丢掉目前的快乐，这却是不合识者主见的。"

处处随心的幸运者，
不必恐怕后来的困窘而忽视现在的艰难。
兴奋的人哪！
你去随意快乐吧！
今日不要忧虑明天。

我正在英勇年少，疏财仗义，有口皆碑的时候，尚有什么可忧虑的。

凡是以好施与仁慈著称的人，
必不能积下银钱。
在美名外出到巷口的时候，
你就不能够给自己关上门了。

当我看出他不接受我的忠言，我的热气不能影响他的冷铁的时候，我就停止对他尽忠言，我就不愿挨近他了。我奉行哲士们所说："你尽到所应尽的！如果他们不接受了，你也没有什么应负的责任。"

纵然你知道他们不听从，
你也当实施所能的善导与劝告。
没有远见的人不久就会见他双足被绊。
到那时候他手拍着手说：
可惜我未听从识者的话。

过了一段时间以后，我所想象的——他那险恶环境果然来到了。他身穿补缀的衣服，成为一个讨饭的乞丐，因他处在这种恶劣环境之下，我深感难过，但是又不肯直言责备他，我心里说：

无明智的朋友当他十成醉的时候，
绝不会顾虑到将有困窘的那一天。
树在夏令结果实，
所以他在冬令是赤裸裸的。

六、儿子无成莫要仅怨教授不良

一个国君把儿子送到一教育家那里，说："这如同是你的儿子，请你教导他，就像教导自己的儿子一样！"他说："遵命。"自此以后，他就努力教育这个学生几年，但始终没见有什么进步。可是这位教授家的孩子们在学业上全都达到了高峰，国君嗔怪这位学者，痛加责备说："你违约了，你未做到全信。"他说："圣明不过国君，教育是一样的，只是孩子们天性不都一样。"

纵然金银出自石块，

但是不见得每块石头里就含着金银。
素亥赖[①]星照耀全世界，
有处是臭皮，
有处是香皮。

七、不患前途暗淡而患无卓越学识

尝闻一位老教育家对他的儿子说：“人差不多全注意在食禄方面；假使他注意到赐予食禄的主宰上，他那地位就优越过天使了。”

当你还是一只被藏的精虫的时候，
安拉未曾忘掉你。
他把十指配在你的两手上，
并把两肩配在你的双臂上。
无意识的人！
而今你以为安拉忘却赐你食禄吗？

八、不要自诩门庭高贵

我看见一个乡农对他的儿子说：“我的小儿！当审判日所质问你的是‘你干了些什么？’不是‘你属哪一派？’这就是说，问你的行为是什么，不问你的爸爸是谁？”

悬在天房上的帐幔，

① 素亥赖，星名，即南极老人星，系天丹星座中一等光度之明星，若在北极三十七度以北则不能见之。

岂非出自吐丝的蚕虫吗?
你若向高尚的人共坐几日了,
无疑的你是同他一样的高贵。

九、蝎子无正当的产生

一些博学家的著作上传载：蝎子不像别的动物似的通过正常的方式出生。它只是吃其母的肠子，攻破她的肚皮，然后爬出来。蝎子窝里发现的那些蝎子皮，就是那个的遗迹。有一次，我在某一位大人物面前述说这项奇异，他说："我深信这话靠得住，当然是得这样，因为它在小的时候，对它母亲这样做，所以在长大以后也必如此遭遇。"

爸爸告诉他的儿子：
小子！你要谨记我的劝告：
凡是不和自己人讲信用的,
他就不是可爱的幸运者。

有人对蝎子说："你为什么在冬令时就不出现呢？"他说："我在夏令有什么德政，而至冬天还要出现？"

十、不肖之子有不如无

一个贫妇怀孕了，孕期将满，她的丈夫因生平乏嗣就说："如果安拉赏我一个儿子，除去我身上穿的这件衣服以外，我的一切所有统统施散给穷人。"恰巧，他就得了一个儿子，他就依着所言宴请些个寒士。相隔几年，我由叙利亚旅途转回，亲赴那位朋友的住地，看看他的近况如何。有人说："他正被羁在监牢。"我问："因为什么呢？"一个人说："他儿子酒后狂闹，杀人潜逃。由于他的恶作剧，锁链戴在他爸爸的脖子上，重梏带在脚上了。"我说："他这个灾难是自己向安拉求来的。"

醒悟的人哪！
如果一个孕妇临盆的时候产下一条蛇，
有才智的人会认为比生下一个不肖的儿子强过百倍了。

十一、怎么就算出了儿童时代

我问一位伟人："怎么就算出了儿童时代呢？"他说："有三个迹象：一、年满十五岁；二、梦遗；三、阴毛出现。而实际上，只有一个迹象而已，那就是盼望得到安拉的喜爱，多过盼望自身的享受。凡是未具有这样的美德的，在一般真乘家，不认为他是一个成丁的人。"

一滴精水藏在子宫里，
约计十四天便能成一个人形。
人到四十岁若依然没有智慧与卓识，
当然不能称他是"人"了。
做人须得仁慈好施，
不要仅仅满足一个空虚的外形。
技能是不可少的，
用银朱与铜绿在墙上绘形，
哪有什么难处呢？
人无有知识与善行的时候，

那和墙上的油画有什么区别?
发财致富算不了本领,
如果你有办法,
务要抓住一个中心。

十二、处世得要顾名思义

有一年,徒步巡礼的人们冲突起来,本人在那次旅途中亦是一个徒步的。人们互相击面批颊,违背了远避为恶与斗争的信约了。当时,我看见一个乘驮轿的,对他的同乘者说:“棋局的‘卒’走到顶头,一变而成为‘车’,就是较前好转,唯有徒步的巡礼者遍行了郊野而反倒恶化了。”

你替我对那不顾众人体面的巡礼者说:
你不配是巡礼者,
只可说是驼,
因为它无可奈何地吃草,
努力负重。

十三、话要三思而后发

一个印度人学习放炮,一位学者对他说:“以竹作室的你,不可以这个作游戏。”

你不知道话是否投机的时候,
切不要说。

你知道那不是好的事情，
万不可作答。

十四、委托非人便是自找疑惑

一个下等人患眼痛，他去到一位兽医跟前求治疗。那个兽医就把用在牲畜眼上的工具用在他的眼上，他遂就瞎了。他们去到法官那里起诉。法官说：“去吧！没有赔偿，这人若不是驴，他怎么会去到兽医那里。”这话的意思就是说：须知，凡是把重大事件委托给没有经验的人的人，不只事后追悔，且在有识者看来他一定是个无主见的人。

有主见的明白人，
必不把重大的事情委给下贱人。
编席的人无论他怎么技巧，
必无人把他用在织绸缎的作坊。

十五、生前的荣华算不了什么

一位教长的儿子逝世了，有人问：“我们在他墓内的板墙上写些什么？”那位教长答道：“《古兰经》文是极高贵的，不可写在这类地方，因为经过一个时期就坍塌朽坏了；再者人们在上面走过，狗群在上头撒尿；若必欲写点东西，写上这两首诗也就可以了：

喂！
每逢目睹园林吐出青苗的时候，
我的心是那样的快乐呀！

朋友！
要你前进！
你将在春令看见青苗从我的墓旁长出来。”

十六、不要虐待在下者

一位修士经过一个富人的面前，看见他捆绑着一个仆人施刑。那位修士说："小子！安拉把类如你的一个被造者归你管辖，且让你优越过他，你自应感念安拉的特恩，不要这样折磨他；恐怕在审判日他优于你，你会羞愧的。”

你不要对手下的人过分震怒，
你不要虐待他，
不要叫他悲伤。
你用十几个钱买得他，
你本不能用自己的力量造化他。
你如此放纵、糊涂、暴怒，
何时为止？
安拉比你尊大呀！
残忍暴怒的家主！

先知穆罕默德说过："在审判日，至大的懊丧是清廉的奴才进到乐园，而作恶的家主走入火狱。”

你对于安心顺从你的奴才不要过分的震怒，
切莫急不择言。

在审判日奴才得到解放而主子被绑在链子上，
这是极可耻的。

十七、狂言大话无济于事实

有一年我伴同几个叙利亚人，由伯利恒启程，知路上有些强盗，极其危险。一个少年人护送我们，一路同行。这人十分善于耍藤牌、玩流星，是个力大勇猛的力士。十个壮汉也不能给他的弓扣上弦，当今的大力士也不能把他绊倒在地。但是他平素养尊处优，一事不作，未经历过世事，未出过远路，未听过战鼓，未见过剑光。

他未尝被俘在敌人的手里，
他的四周未下过箭雨。

我和这位青年奔驰赛跑，所发现的古墙，他就施用臂力把它推到；凡他遇见的大树，就以手臂的力量把它拔起。他常扬扬得意地说：

教他们告诉猛象：
看看勇士的肩头和臂膀。
教他们说给雄狮：
瞧瞧壮汉的手指与手掌。

正是在这个时候，突然有两个印度人由一座山石的后面探头，似欲杀我们。一个手握木棒，另一个夹着铁锤。我对那青年说："你怎么不去抵抗呢?

你展示所具的强悍与力量，
因为仇敌像野马似的突至脚下。”

此刻就见那个青年撒手撇掉了弓箭，战战兢兢。

大凡以刺铠甲的锋刃耀武扬威的人，
都会在出击的时候，
不能抵抗凶猛的敌人。

这时候，我们找不出办法来，只得放弃行李、武器与衣服；结果我们算是安然逃了命啦。

你须把重大的事情托付给见过世面的人！
这类人能够捕获洞里的狮子。
纵使青年是虎背熊腰的，
保不齐在交战的时候被仇敌抽去他的筋。
战争只有见过战事的人明白，
就如宗教问题唯有宗教学家了然。

十八、非分的夸耀

我曾遇见一个富家子弟，坐在父亲的墓旁边，对着一个穷人的孩子絮絮叨叨地说：“我爸爸墓中的棺椁是石制的，字迹是彩色的。下面镶着大理石，且用土耳其玉琢成的砖。你爸爸的墓穴里有些什么呢？最多不过系上两个环，撒上两把土。”那个贫儿听到这里，遂答道：“你父亲正在重石的下面挣扎着，我的老人家已经步入乐园咧。”

无可奈何地负重的驴，
无疑不能安然地迈步。
被穷所迫的贫寒人，
渴望濒死的时候是负轻的。
养尊处优生活一世的人，
无疑他的死要因为撇弃了一切而深感痛苦。
不论什么时候，
被释的俘虏，
你要把他看作比被押的官长更好。

十九、谁是自己最大的敌人

先知穆罕默德说过："你那最大的仇敌就是你那两肋间的愚性。"我曾为着这段圣训请教一位伟人。他说："原因是，凡是你所恩待的仇敌，可能化为朋友，唯有'愚性'，任凭你怎样对它温和，它是愈加反抗的。"

人可由于节食化为天使。
如果他像畜类般地多吃，
他就会像死物似的倒地。
凡是你成就他所欲的，
他必服从你的命令。
唯独愚性不是这样，
当它得到所欲的时候，
绝不顺驯。

二十、祖富的萨迪和一个好辩者的争论

萨迪和一个好辩者为着贫富互相争论：

我曾遇见一个人在表面上像一位修士，而实际上，并无修士的修养。这人坐在大庭广众之间，絮絮叨叨地说些闲言碎语，一味地诉苦，且开始毁谤一般有钱的人。竟至谈到：穷人们有心无力，而富人们有力无心。

仁人手中无钱，
有钱人缺少仁德。

受过富人恩惠的我，很不愿听这些话。我就对他说："伙伴！富户是一般穷人的收获之道，是一般隐士的储蓄所，是一般访问者的目的地，是一般旅客的避难所，是为他人的安享负重责的。居恒，在所有有关系的人和手下的人用过饭以后，他们始肯就餐。他们的恩泽能够惠及到孀妇、近戚和邻居。"

有钱的人可能捐作永久的公益，
并能许愿待客，
纳天课，
出开斋的人头税，
解放奴仆，
宰牲作祭。
你在什么时候能可得到他们的威势，

因为你只能礼上两拜，
那还是夹着许多杂念。

如果有了施舍的能力，再有了叩拜的能力，那对于富有的人们是极其容易的，因为他们有干净的金钱，清洁的衣服，坚守的贞操，安逸的住宅。做善功仰仗着洁净的食品，事主须身着无污染的衣服。人所共知的是：空腹的人有什么力量？妙手空空的人能讲什么义气？足被系绊的人怎能行走？饥寒的人手里哪能发动什么善举？

清晨生活尚无着落的人，
入夜总是睡不安顿。
蚂蚁在夏令储蓄起来，
而至冬令享受安逸。

闲暇和困窘不能共同，安心和贫苦不得联系。这一个已经做上宵礼了，那一个尚在坐等晚餐。这两种人相差太远了。

生活有着落的人是虔心敬拜安拉的，
无处寄托的人生活上是不能安定的。

所以他们（富人）的祈祷是至获接受的。因为他们是心诚的，不是迷乱的。心神不定的人一方面奔波生活之道，一方面顾及功修上的诵赞。阿拉伯人常说："我祈安拉保佑，莫受倒运的奇穷，莫与恶我者为邻。"先知穆罕默德有云："穷困是在今后两世里面黑。"他说："你仅听到这话，而未听到先知尚说过，我向以受穷自豪。"我说："请你住口！世人的领袖（先知穆罕默德）所指的是那般人的清贫：他们善于耐贫，安心听候安拉的判定。并不是那些身着好人的衲头，而转卖讨来的馍馍的。”

声高的鼓啊！
你的内部一无所有；
你这缺少川资的人在要登程的时候，
应该有什么办法呢？
如果你是个好男儿，
你就不要对人怀着希望，
你也莫把千颗的念珠缠在手上。

糊涂的穷汉，他的事情必须达到昧真为止。“贫困几至使人昧真”。给裸体的人衣服穿，或是努力解救被俘的人全都需要有钱。像我们这类人几时能达到他们的地位？在上的人们怎能跟下等人一样呢？你未见安拉在《古兰经》上所说乐园中的乐趣吗？说：“他们享受一定的供养品。”[①] 你要晓得，从事奔走生计，便是离开廉洁的尊威。

干渴的人在睡梦中望见满世界都是水泉。

在我说出这话的时候，那个穷汉忍无可忍。他就急不择言，强词夺理地说：“你太过称赞他们了。你说了这么些散言碎语，在你的想象中他们好似化毒丹，或是食库的铁锁。其实他们就是骄傲糊涂、自矜、离开大众的，是注定从事金钱与享乐的，是一味趋向名利的。他们每一次张口就暴露无才，每逢看人便表现出一种厌恶。他们把学者列入乞丐一流，他们毁骂穷人为无头脚的。他们受着所有的钱

---

① 《古兰经》第三十七章，第四十一节。

财的欺骗和自己所想象的尊贵，傲慢地坐在大众上首，他们视个人强似民众。他们内心从不向别人低头。他们不注重哲士们所说：凡是在修养上不及别的人，独在金钱上较多的，那只是表面富有，而内部穷困的。”

若是不学无术的人，
借着金钱向有知识的人自矜，
纵使他是一头香料制成的牛，
你也要把它当作驴。

我说：“你不要糟蹋这些人，因为他们有些是仁慈的。”

他说：“你说错了，他们都是守财奴，究有什么裨益？他们如同是云，有雨而不下；他们像是太阳，但不照耀任何一个人；他们乘上能力代步而不驱策；他们绝不因为主上迈进一步；他们每逢给出一枚钱去，必定夹杂着施惠与毁人；他们以劳苦积下的财物，而卑贱地守护着，懊丧着遗业。有如一般伟人们所说：‘守财奴非至入土以后，他那金钱始能出土。’”

一个人以苦楚和奔波把金钱赚到手里，
别的人到来，
不需奔波和苦楚随便享受。

我回答他说：“你之所以深知有钱人的吝啬，只是由行乞了解的。不然的话，凡是把希冀弃置一旁的人，慈祥的和吝啬的，在他视为一体。试金石知道什么是金子，乞儿晓得谁是吝啬的。”

他说：“我讲这话全由试验得来。这般人委奴才们把门，任用那些狰狞的粗汉，堵住一切上人的途径，更向义人的胸前伸出其巨灵掌，且说：‘家里无人。’他们实在说得很对，因为凡是无理智、无志趣、无品质、无主见的人们，就会对人说宅子里无人，这话说得太妙了。”

我说：“从前他们必是饱受过一般希冀者的扰攘，对于一般乞儿的函件感觉纷乱。假使郊野的流沙化为珍珠了，乞儿的眼能可满足。这只是理想，其实不可能。”

贪恋色世的人，
其二目不以今世的资财满足，
一如水井不以露水满足一般。

你看吧！凡是遭受困难的人，那全是由于妄贪而情甘冒险。既不避忌那事的后果，也不畏惧安拉的罪刑，更不识别合法与违法。

若有一个土块被投在狗的面前，
它就会跳跃起来，
自以为那是一块骨头。
若有两个人肩负着尸架，
在秉性卑下的人认为那是一桌筵席。

唯有享受今生福乐的人，是得到安拉重视的人，是被保佑趋于合法远避不合法的人。要你晓得，我这话不过略微一谈，尚未提出明证来，盼望你公平论断。请看，有时候，做祈祷的手被绑在肩头上，或是无可奈何的人坐监狱，或是双手被割离腕，这一切只是因穷而致。有的勇士遇到不能逃脱的时候，被拘于地牢中，踝骨钻出了孔眼。也许是有的人因着性欲的冲动，而致失去节操的力量，终被罪孽所折磨，因为肚子和性欲是有连带关系的。这一个存在一日，那一个不免要发生作用。听说有人目睹一个穷汉和一个青年人发生一种秽事。那人一面羞愧，一面畏遭石刑①，故向穆斯林大众说："我无娶妻的能力，且不复坚韧。伊斯兰教里无出家。"富有的人其所以能稳定心安的这一个原因就是：这些人每夜里拥抱着一个美人，每一天经过一次新春，永远不知老迈已至。其不老的情形，就是逍遥的松柏也自惭不如。

他的手受着美人血的染污，
像是指头被染成红枣般的颜色②。

处在这样佳境的人若说他仍复为非作歹，胆敢不顾名节，那却是过于离奇了。

醉心乐园中的美女的人，
他怎能顾视埃里温③的佳人呢？
面前摆着所想望的鲜枣的人，
他就顾不得摘取葡萄了。

大多时，唯有空虚的人不重节操而受罪恶的污染，唯有饥饿的人抢夺干粮。

恶犬遇见肉的时候，

① 就是用石子击死的刑罚。
② 这就是说：你莫以为他的指甲被涂以染指花，乃是染上了情人的血迹之故。
③ 埃里温，旧泽"耶烈万"，亚美尼亚首都，高加索古城，是绝色美人的出生地。

它就不怕那是撒立哈的驼或是达加勒的驴[①]。

看吧！许多守节操的人，由于贫困堕落下去，他那好名誉竟被丑恶的风刮走。

贞操的力量和饥饿不能并存，
困窘可从虔恪的手内夺走缰绳。

你说："他们闭门不纳穷人。"听我告诉你，居荒野的哈提姆，如果以往在城市里，他必被乞儿们吵嚷得没有办法。他身上的衣服也许会被人撕烂，有如医师们所记：

你不要观看我的门，
免得别的人来仰望，
因为你从乞儿的手上绝不会得到好的报答。

他说："不，我这是可惜他们的为人（叹他们有钱不知善舍）。"我说："不，你这是垂涎人家的金钱。"我们说到这里彼此冲突起来，凡是他驱动的"炮"，我就尽力地抵抗。凡是他移动的"国君"，我就用"皇后"拦住他[②]。最后他的豪气消沉了，他的强词失效了。

你要晓得：
遇见善辩的人不要畏惧他的强词，

① 撒立哈，古代先知，他那驼造自顽石，是为他所发现的一项奇迹。达加勒，意为假救世主、骗子，是世界末日以前所要出现的恶人。那时候他骑着驴走遍世界。
② 国君、皇后全是国际棋子的名称。

因为他除却拾来的那点牙慧，
别无特长，
你要注重宗教与学术，
因为巧言善辩的人，
必在城内无人的时候，
方肯持械殴斗。

结果，他无话可说，我就对他不再客气了。他意欲动武，且说出些不合情理的话。愚人们的习惯就是这样，当他们不能以理战胜对方的时候，便恼羞成怒。如同那塑像的阿宰尔[①]，他不能以理战胜儿子的时候，遂就强硬起来，说："如果你不停止，我就用石块把你击死。"他开口骂我，我就对他说丑话，他抓住我的衣领，我就抠破他的腮帮子。

我们互相扑奔起来，
人们跟在我们后面笑个不停。
人们听到我们的辩论，
惊奇得无以复加。

听吧！我们把这事告到法官跟前，我们愿受到公平的裁判。希望在回教长官那里寻求一种和平的办法，于穷的富的之间说出一种区别。

法官目睹了我们的情况，听到我们的陈述后，他俯首默思。于长思之后抬起头来，说道："你这人专奉承富的，随便毁谤穷人。你要知道，凡是有花草的地方，就有荆棘；只要饮酒便有头疼；宝物的一旁必有

① 阿宰尔，先知易卜拉欣之父。据记载，阿宰尔是偶像崇拜者，而其子易卜拉欣则虔信唯一的造物主安拉，并捣毁偶像。见《古兰经》第六章，第七十四节。

巨蛇；明珠的左近必有伤人的鳄鱼；今生的乐趣以后必有个寿终。今世的不随意，可能换取乐园的福乐。你未见过吗？花园里既有麝香柳，就有些个枯木。如此，富人的群体里有感谢主的，也有忘恩的；穷人群里有坚韧的，也有暴躁的。

露水如果全能成珠子，
市间的珍珠就像草珠子般地充斥起来。

接近安拉的人全是些行为清贫的富人，和心地豪富的穷汉。富人中的优秀分子是那忧虑穷汉的，穷汉中的上等人物是那不谄媚富人的。‘仰赖安拉的人，他就使他满足的。’[①]”

法官在申饬我之后，复又向那一穷汉说道：“你说：‘有钱的人们全是从事为恶的醉心娱乐的。’是的，有那么一伙人，具有你所表白的那种性情。他们是志短的，不知感恩的。他们得来而积存。他们自不肯吃，也不转给别人。假比天旱无雨，洪水漫世，这般人仰赖个人有办法，而不闻穷人的痛苦，对于安拉更不知道畏惧。

若是别的人因贫致死了，
我这鸭子何至于虑及洪水？
许多乘着驮轿的人，
他们不顾及那陷入深沙的人。
资格卑下的人穿出一件绒衣的时候，
他就说：
若是世人全都死净，
那有什么可虑呢？

① 《古兰经》第六十五章，第三节。

有一伙人是你听到的这个样子。尚有一般人仗义疏财，偏重名誉，希望主的宽恕顾及今后两世。就像那位有知识、重公义、获援助的，得胜利，领导人类的，保卫伊斯兰边防的，继承苏莱曼[①]的疆土的，当今国君中至公正的，在今后两世居优势的——最高的长官赞吉之子赛义德之子艾布·伯克尔陛下的民众——祈主延长他的时日，扶助他的旗杆！

你的手对阿丹的子孙所施的仁政，
那是为父的对儿子们未曾实施过的。
安拉欲加惠于世人的时候，
他就依自己的慈悯委你做世界的君王。

法官把话说到这个地步，他说出我们意想不到的一切话来，这时候我们只能服从他的判断，我们不复再究既往。在冲突以后我们言归于好，我们彼此表示歉意，相互往头脸上接吻，终于以这两首诗做结束了：

穷汉！
你不要抱怨时光的运转，
如果你循着这样情形死掉了，
你便是一个倒运的。
富人！
你在飞黄腾达的时候，

① 苏莱曼，古代先知，亦译“素莱曼”。《圣经·旧约》称“所罗门”。先知达乌德之子。曾继承父业，享有国权。他具有通晓百鸟语言和蚂蚁语言的特异功能，曾统率“由精灵、人类、鸟类组成”的“大军”（27：16—17）。

要得自食并要施舍于人。

如果是这样，

你就算获得今生与后世（的幸福）了。

总　评

自己的儿女不堪造就，那是他天生不够格，殊不必怨恨教师的不良。孩子们依仗着父亲有钱不注重求学，任意胡搞，这是一种普遍的现象。金钱多过别人，儿女再多才多艺，那么，有知识而穷得要死的人们，更是活着无趣了。孩子去学出息，饱受痛苦，这是应该的。不如此，竟怕孩子受屈，那便是害他，且是误他的终生。青年人有钱大多数是浪漫无拘的，而导致无一技之长，终久有个“老大徒悲伤”的那一天。孩子们自幼懂得努力前进，放心吧！不会以后没饭吃。自不长进，即使有好爹，能够享受终身吗？好孩子，努力挺进，不必拿你父亲夸耀于人。有了儿女，还能捏死吗？没有，很不必伤感。任何一个人必须平心静气地想想：自己是个干什么的，总要保持着自己的身份。遇人不淑，那得自认倒霉。不然的话，你能怨谁？人死了入土，就是俗话所称的“黄金入柩”，这个柩，无须加以什么装饰。虐待手下人却是自种恶因，终必结得恶果。你准知道别人永久不如你吗？穷的富的，究属谁好？全是好坏参半。

第八章　交接的礼节

本章计哲言诗词约一一四项之多，例如吝啬会伤身，防备仇人可以免害己，但凡处世接物，必以萨迪老人之生平经验为南针，但不便于一一列入目次，是以仅志数语，希读者切莫视为过时的窠臼而漠视之则为幸甚。

一

金钱是供生活上享受的，活着并不是因为聚财。有人问一个有理想的人："谁是幸运的？谁是厄运的？"他说："幸运的人，有了吃下还要种下。厄运的人，死了撇下。"

你不要给那一事未做的人行立站礼，
因为他生平只知聚财，
而舍不得吃用。

二

穆萨忠告戈伦说：“你要本着安拉善待你那样善待他人。”他充耳未闻，你听到他的结局了？（终被地陷）

那未以金钱银钱做下好事的人，
最终他为金钱银钱牺牲了性命。
如果你欲借着今生的福乐享受了，
在安拉对你行慈的时候，
你就该对人行慈。

阿拉伯人常说：“你要施舍，不得示惠，因为施舍的裨益是终究归给你的。”

仁德的树不拘哪里扎下根的时候，
它的枝干必定越过了天体的轨道。
你若盼望吃那树上的果子，
你就不可以锯断它的根。
安拉赐给你为善、好施、怜悯的好命运，
并未把你放弃了，
这是你应该对主表示感谢的。
你侍奉国君的时候不要因此表功，
他让你服侍他，
这是你应该对他感激的。

三

两种人是劳而无功，毫无裨益的：一是积下不吃，另一个是学了不遵。

任凭你怎样地多读，
在你失掉修养的时候，
你便是一个无识的人。
身负几部典籍的牲畜，
既不是立法者，
也不是知识分子。
仅有柴薪或者典籍而无脑髓的人，
能有什么知识和明鉴。

四

宗教上的学识是为掌理宗教的，不是为着今生吃饭的。

凡是出卖虔恪、知识、淡泊的人，
他那是买进一堆柴而烧了个精光。

五

失去贞操的学者，就像是一个举着火把的瞎子，人家借他的光走正路，他自己不能走正路。

凡是枉活一世的人，
他如同是撒下金子，
一物未买。

六

国家借着有才能的人增辉，宗教借着有修养的人得到完美。一国的元首需要才人的忠谏，甚于才人企求接近国家元首。

最高的领袖!
如果你欲听劝谏了，
所有的册籍上再没有比这个劝谏再好的了：
做官虽不是才人干的，
但是你只当委任有才能的人做官。

七

三项事不能永久长存：一是不做交易的财物，二是不加研讨的学识，三是无法律的国家。

有时你于言谈中表露温和顺驯，
人格高尚，
如此可望使人心服。
有时你要语调严厉，
因为常有百个冰糖罐子不及一个苦瓜管用。

八

怜恤恶徒正是亏负好人，宽恕恶霸便是毁害穷人。

你遇见不良的分子，
对他发出善心的时候，
他必借着你的威势和同伴们为所欲为。

九

切不可仰赖王者的宠爱，也不可仰赖童子的美声。那一个因为一次妄动遂即变态，这一个由于一回梦境立刻改观。

你不要倾心于千个友人所恋爱的，
如果你肯那样做，
终究你有伤感的那一天。

十

心中的机密，切勿对朋友们发表。纵然他是唯一的挚友，也要加以防备，因为你怎能知道，不时他就成为仇敌。对仇人万不可尽力地压迫，唯恐有时化为朋友。

对任何人不要尽情吐露欲隐的秘密。他虽是你的好友，而你那好友尚有些个好友，如此接接连连，终无止境。

绝口不谈自己的心腹，
强似对人说出以后，
又说：
你不要对别人讲。
和平的人哪！
你要堵塞源头的水，
因为在它满溢的时候，
你不能堵塞河道。
当面不可对人言的话，
背地里不要说他。

十一

仇人在势弱的时候表示服从和友爱，他的忍让只是在蓄养一个有力的仇敌。人们常说：“朋友们的友谊不一定靠得住，得留心仇人的虚伪。”凡是轻视小小仇敌的人，他如同是遗下的星星之火。

你能熄灭的时候，
你就在今天熄灭！
因为一旦烈火飞腾，
难免有个燎原呢。
莫容仇敌给弓扣上弦，
免得他用箭射你。

十二

你在两个仇人中间说话，应该这个样子：一旦他们化敌为友了，在你不至于羞愧。

两个人彼此发生冲突，
如同是发火。
倒霉的人从中说谗言，
即是火上加薪。
待至人家彼此和好如初了，
他便从中作揖，
自觉惭愧。
在两个人的当中燃火，
自己往往被焚在核心，
这是违背理智的。

你和朋友谈天的时候，
声调要调得低些，
免去残忍的仇敌偷听。
你在墙中要注意自己所说的，
恐怕隔墙有耳啊。

十三

凡是对朋友的仇敌友好的人，他却伤透朋友的心了。

有才智的人哪！
你的朋友若和你的仇敌对坐谈心，
你就不要搭理他了。

十四

做一件事徘徊不定的时候，你要选择于你无害的那一方面。

遇到语言温和的，
切莫说话强硬，
对于叩打和好的门环的人不要讨战。

十五

事情能用金钱办到的时候，切莫牺牲性命。阿拉伯人常说："最后的一招，方是武力。"

在一切办法宣告失败的时候，
方可操利剑。

十六

见仇人无可奈何的时候，切莫对他发慈心。因为他若有了能力的时候，绝不会对你发慈悲。

在你亲见仇人无能力的时候，
切莫自夸个人的道德。

十七

杀掉一个恶人，便是使别人脱开他的祸害，且是救他个人脱离主的罪刑。

慈善固然是堪夸的，
但是不可给害群的人贴膏药。
对鲁莽行慈的人，
却不知那即是毁损阿丹的子孙。

十八

接受仇人的忠告便是错误，只可姑且听他一说。你要反着他说的话去做，那才是正当的办法。

你要防备仇人说：

你该这样地做，

免得追悔无及。

如果他把右边像箭似的直路指示给你了，

你要远避那里，

而取左边的途径。

十九

过分的愤怒有可能孤立无援，不合时的温柔煞灭威严。你的脾气刚硬，不要达到惹人烦恶的那种程度；你的秉性温和也不要纵人对你无礼。

刚柔并施是最好不过了。

就像放血的人，

他既是刺破皮的，

也是贴膏药的。

识者既不过刚，

也不太柔，

如此他的地位怎会低落呢?

既不抬高自己的身价，

也不一个劲儿地自加贬损。

一个青年对他爸爸说：

有学识的人!

请把一句古代的箴言告诉我!

那位老人说：

你要好自做人，

但不得容那利齿的狼把你战败。

二十

两种人是国家和宗教的仇敌：一是无涵养的元首，一是无知识的教领。

安拉的仆人不知奉行天命的时候，
切勿任其做一国的元首发号施令。

二十一

做领袖的人不可对仇人有过分的震怒，以防失掉友人的信赖。怒火先焚震怒的人，而后其火焰始达到敌人身上。

土生的人类不要心存傲慢、粗暴、疯狂，
在你染有粗暴骄狂的时候，
我就不以为你是造自土的，
而是造自火的。
我在巴尔干地区去到一位修士面前，我说：
请你以相当的教训祛净我的愚昧！
他说：
知教法的人哪！去吧！
你像土似的那么有涵养。
不然的话，
你就把所读过的一切全都埋在土下！[①]

① 如果不知涵养，所读过的经书均归无教。

二十二

天性恶劣的人是屈服在一种仇敌的掌握里。他不管去到哪里，殊难脱开他那劣性的惩治。

若是劣性的人摆脱祸患的手升到上空，
他仍脱不开自己劣性的手，
依然受其折磨。

二十三

在你们见到敌军漫无纪律的时候，你们要团结起来。如果他们是团结了的，你们要防备自家散乱。

你若看见敌人互起斗争的时候，
你去和朋友们安逸地坐着吧！
如果你见他们异口同音了，
你就当给弓扣上弦，
把石块安置在垛口上。

二十四

仇人遇到毫无办法的时候，他就表示虚伪的友谊；他就以友好的态度实施任何一个仇人都不能做到的勾当。

二十五

你不妨用仇敌的手去击蟒的头。最终你将不失两个美果的一个；若是这个胜利了，蟒必被杀死；若是那个胜利了，你就失掉一个仇敌。

在交战的那一天，
切莫藐视弱小的敌人；
当他不顾生命拼死抵抗的时候，
恐怕他能抠出狮子的脑髓来。

二十六

自料惹人痛心的消息，你不要多口，可任别人去报告。

画眉呀！
要你报告春令的喜信，
你让夜猫子去报噩耗吧！

二十七

你不要向王者泄露别人的隐私，莫以为言听计从可获信任。如果你肯这样，那只是你为着毁害别人而努力。

在你看出话能投机的时候，

方可开口答话。
语言在人类本身上是件美事，
你不要由于说话而降低自己的人格。

二十八

凡是向自满的人进忠告的，他自己就是需要别人对他进忠告的。

二十九

你莫受仇人的欺诳，你勿听面谀者的哄骗。这一个伏下虚伪的网，那一个张开了企图的口。

愚者愿人称赞，就跟死驴一样，你吹他那脚踝，立刻显出肥胖。

说话者若对你欲获些微好处的时候，
你切莫听他的称赞。
如果你有一天不成全他的所欲了，
他就历数你的短处二百多遍。

三十

说话者遇不到别人来指责的时候，他的话不会达到是处。

你不要靠个人的无识和揣度，
而迷信自己的言论高超。

三十一

每个人都认为自己的理想远大，视自己的子女貌美。

一个犹太教徒和一个穆斯林起了争执，
他们的争执竟使我大笑不已。
穆斯林讥讽说：
我的这张契约若不真切，
主啊！你叫我奉着犹太教死去！
犹太教徒就说：
我指着《讨拉特》为誓：
假使我有一点不诚实，
我就跟你一样是个穆斯林。
若是全世界人都失尽了理智，
任凭是谁，
绝不认为自己是个蠢材。

三十二

十个人可以同坐共餐，而两条狗不能共食一具臭尸。贪心不足的人，纵然全世界都归他所有，也必不够；知足者遇上一块面包，就能感觉满足。哲士们常说："知足的穷汉，强过据有财富的富人。"

狭窄的肠子只需一个馍就能装满。

全世界的财宝填不满窄狭的眼。

三十三

父亲生活一世，临死对我说了这么一句忠言，遂就逝世了：

欲望就是火，
应该远避它！
切不可迅速地坠入火狱的烈火中。
如果你不能忍受那火狱的焚烧，
今日你当用忍耐的水将它熄灭。

三十四

凡是在大运亨通的时候不做善举的人，待到走投无路的时候，他就要受难了。

再无比害群的人更厄运的了，
因为在他遇难的那一天，
无一人是他的同伴。

三十五

凡是以迅速得来的，必不会持久。

听说东土那里制一个中国碗，

需经过四十年。

在巴格达这里，

一日能制百个，

显然你就知道它的价值了。

雏鸡一出蛋壳就知道觅食，

人刚生下来却必无知识、理解和辨别。

突然成了人的终究不能取得成功。

做人只是以地位和才能超过一切的一切。

水晶哪里都可以得到，

所以它并无什么价值；

而红宝石却是不易到手的，

所以它很珍贵。

三十六

种种事情须以坚韧获得成功，急躁不免误事。

我在某处野外目睹一个徐行的人，

走到一个疾驰的人前面。

驷马在疾驰一阵后疲乏了，

而驼夫还照旧地缓行。

三十七

无知的人最好是缄默无言。如果他晓得这项益处，他还不算个无知的人。

如果你没有德能和知识，
你最好是绝口不谈什么。
言谈能使人现丑，
犹如质轻能使无仁的核桃现丑。

一个傻子驯养一头驴，
在它上用了好久的工夫。
一位哲士对他说：
傻小子！你怎么这样努力呢？
你的这种幻想应该畏惧旁人的责备。
牲畜不能像你学习说话，
你向牲畜学习缄默吧！

凡是不假思索信口作答的人，
他的谈话多半失当。
你可以像明白人那样语言庄重，
你也可以像牲口那样寡言而坐。

三十八

比你高上的人正在谈话的时候，纵使你知道的比他高出一筹，你也不要拦阻他。

三十九

凡是常与恶人同坐的，一定听不到好话。

若是天仙与恶魔同坐了，
他必定学习野蛮、污浊、背信。
你从恶人身上仅能学恶，
狼是不会缝皮袄的（只会撕皮袄）。

四十

不要暴露人家的隐情，免得人家蒙羞，而自己的信用荡然无存。

四十一

凡是有了学问而不遵行的人，就好像驱牛而不撒种子。

四十二

无诚心的表面服从无济于事，无瓤子的外皮不能算作货品。

四十三

不善辩的人，在交际上往往是诚实的。

许多外衣下面的美身段，
待你解开一看，
他便是个姥姥。

四十四

如果夜夜都是盖德尔之夜[①]了，盖德尔就没什么价值了。

石头若都成了光耀的红宝玉，
红宝石和石头还有什么区别呢？

四十五

不一定表面美丽的，便是行为端正的。本质全在内部，并不在乎外表。

在知识方面一个人的学识达到了什么程度，
这是在一日之间就可以认得清楚的，
但是你对于他的内在不要放心，
不要受骗，
因为不良的性情，
你虽体验了多年仍不易充分了解。

① 盖德尔之夜，伊斯兰教对《古兰经》始降之夜的敬称。“盖德尔”意为“前定”“高贵”等。专指伊斯兰历九月（莱麦丹月）第二十七夜。

四十六

凡是与伟人对抗的，都是在自残生命。

你视自己很伟大吗?
常人说得好：
眼花的人把一看成二。
你用脑袋和山羊做游戏，
看吧!
不久你的头部必会受伤。

四十七

和猛狮动手，以拳碰剑，这绝不是识者应做的。

不要和醉汉斗争动武，
在勇士的面前务须把手置诸腋下。

四十八

势微的人和强有力的人动武，即是帮助仇敌危害自身。

养尊处优的人，
怎会有与征人对战的能力?

潜力不足的人和铁背的人动手，

那真是出于无知。

四十九

凡是感到忠言逆耳的，他就是愿听别人的责备。

在忠言入不进你耳的时候，

如果我侮辱你了，

请你不要反抗。

五十

不学无术的人见不得有本领的人，就如市井的狗吠追猎犬一样。这话的意思是：卑贱的下厮若不能以本领胜人的时候，他就信口开河糟蹋人家。

那在当面语声微弱的忌妒者，

一定要在背后说长论短。

五十一

若不是老肚难于容忍了，绝无一只飞鸟落在网里。进一步的讲，狩猎的人自不需设网。

肚子如同是手铐脚镣，

老肚的奴隶鲜有拜安拉的。

五十二

知医的人徐徐地吃，修士们吃半饱，隐士们则以能够活命为度，青年人吃到端起盘子来，独身汉吃到呼吸不畅，餐单上净光光的。

被肚子绊住的囚徒，
两夜不能就眠：
一夜是由于吃得太饱，
一夜是由于忧心过度。

五十三

和女子商议最为坏事，施舍给恶人便是造罪。

对利齿的老虎行慈，
便是对羊群行亏。
你遇见不良的分子而发慈心的时候，
他就借着你的威势和同类们施行暴力。

五十四

仇人来到面前，若不诛戮，那便是跟自己过不去。

石子在握，

蟒在石旁而一味思索，
迟迟不决，
便是缺少主见。

有些人视反之为有益。据称，对于处决被押的人犯，宜先考虑可杀可留，这时不无自择的余地。如果不假思索杀掉了，也许不大相宜。到那时候，再想收回成命可就难上难了。

把活人治死是极容易的，
你不能使被杀的人再生。
箭手迟不放弓是理智上的考虑，
因为一旦箭射出去，
那就不复再来。

五十五

有知识的人若与愚人对敌了，在他就不可仰望权威了。糊涂人以强舌战胜明白人，那有什么可稀奇的。他如同是击碎宝物的顽石。

若是和乌鸦同笼子的画眉窒息了，
绝不稀奇。
如果有本领的人受了恶棍对他的欺压，
他不要伤心，
不要忧虑。
若是劣质的石头损坏了金杯，
那石头的价值不能增长，

金子也不至减色。

五十六

识者被下等人难倒的时候，你不要惊愕。因为琵琶的声音不会超过鼓声的，香气怎会胜过臭味呢?

高声的愚汉咆哮起来，
致使有知识的人受其侮辱。
他哪里知道，
希贾兹的佳调遇到战鼓的声音，
自然是要失败的。

五十七

珍宝落到茅坑里，它依然还是那么贵重。尘土若飞扬到上空，它照旧无什么价值。天资好而未受过教育未免可惜，教导资质卑下的，自属无益。尘土有什么高尚可言，只有烈火是本质高的，但是它自无本能的时候，也是和土相等。砂糖的价值来自甘蔗，甜味本是它的特性。

迦南若是一个天然没出息的，
那位居圣裔也未尝能增加他的资格[①]。
你有本领的时候，
你就表露吧!
但不必显弄财宝。

---

① 迦南是先知努哈（即《圣经》中的挪亚）的儿子。

鲜花出自荆棘，

易卜拉欣出自阿宰尔[①]。

五十八

麝香是那自然喷香的，并不是卖香的人所自称的。有知识的人如同是卖香人用的鼓槌，是无语言而有本领的。无知识的人像战士的鼓，虽其响亮而内里空空。

愚人伙里的知者，

在一般义人举出一个比方，

说他是瞎子之中的丽人，

外道人教堂里的《古兰经》。

五十九

生平所栽培的朋友，切莫伤于一旦。

多年的石头，

可成一块红宝玉。

千万不要一时之间用石击碎。

六十

理智被愚性所遮，就像无本事的男子，被控制在泼辣的女人的手里。

① 阿宰尔是易卜拉欣（即《圣经》中的亚伯拉罕）的生父。

女子的高声达于户外的家庭，
不会再享安乐的。

六十一

有谋无勇为阴险、诡计；有勇无谋为不智、疯狂。

先要辨明是非，
运用理智而后始能谈到治国。
愚人执政，
恰是予敌人以武器。

六十二

自食也给人食的君子，优越于取来而囤下的修士。

六十三

凡是为了迎合人而放弃欲望的，他那是离开了合法的欲望，而陷入不合法的欲望。

不因为安拉而坐静的修士，
这个可怜的人能在黑镜子里看到什么？

六十四

一石一石堆成山，一滴一滴成瀑布。这话说的是，缺少实力的人须要保持小石块，待至适当的时候，一跃而置仇人于死地。

滴水集合便可成河；
河与河汇可以成海。
一点一点凑在一处就是多的。
囤里的粮食本是一粒一粒的。

六十五

有知识的人，不可原谅常人的愚昧，因为这是于双方有害的。这一方面失去荣威，那一方面愈加愚昧。

如果你以温和与甜蜜的态度和卑鄙的人相处，
他的傲慢骤增越发不逊。

六十六

罪恶无论出自什么人，都是不可要的，出自识者方面，尤其不美。因为知识是抵御魔鬼的武器。持械的人一朝被俘，自不免要多受耻辱。

生活无规律的糊涂庸常，
强似无修养的知识分子。
因为那一个由于无知跌出轨道，
这一个大睁两眼落下井去。

六十七

生命是在一息的寄托之下。今世是“二无”之间的一个“有”。为着今生出卖宗教就是个驴。他们卖掉优素福，而买回生命来了？[①]“阿丹的子孙哪！我岂未向你们约定：不要拜恶魔！”[②]

你不要以仇敌破坏朋友的契约，
看哪！
你从谁身边离开，
而接近谁了？

六十八

恶魔不能战胜超凡的人，国君战不过破产[③]的人。

不做礼拜的人，
你莫借贷给他，
无论他那穷嘴张得多大。

---

① 这话是指叶尔孤白的儿子们出卖自己的兄弟——优素福的故事。
② 《古兰经》第三十六章，第六十节。
③ 既经破产不能纳捐上税，国君虽是大权在握也无可奈何。

因为他既不付还欠主的债款，

还能忧虑还给你欠债吗?

今日他把两个人用的盆端到你面前，

次日他就说：

你由这里刨坟吧！[①]

六十九

凡是生前不周济人食物的，死后必无人提及他的姓名。

七十

未亡人知觉葡萄的滋味，有果子的人[②]不知道。

七十一

优素福在抗旱的年不肯饱餐，唯恐忘掉饥饿的人。

生活在安逸和快乐中的人，

怎能知道饥饿的人是什么滋味。

环境恶劣的人，

可了然落魄的人所处的境况。

---

① 这话是形容穷人无良心。饥寒时用那盛两个人饭的大盆，去向人借食。及遇人讨要的时候，不唯不还且指着自己的二目对人说："你由这里刨坟去吧！"就是"请你挖我的眼珠"。

② 园主由于常吃自园的果子不感觉葡萄的滋味。

骑快马的人哪！
你要明白，
负重的驴正忍饥于泥水之中。
你莫向穷邻居家去讨火，
因为那冲出窗子的，
却是他心上的烟。

七十二

倘若遇见境遇不佳的穷人，切不要问他怎样。除非你真心要解救他，予以相当的救济。

你看见负重的驴，
陷入泥塘的时候，
只可对它怀着一种心疼，
不要去到它的面前。
当你赶上前问它怎会跌倒的时候，
你就要系上腰，
像勇士般地揪住它的尾巴。

七十三

两种事情是违背理智的：吃超过分定的食禄，和死在预定的寿限以前。

那由于感谢或暴躁，

发自口舌千次的哀怜和叹息，
不会变更了前定。
掌理风库的天使，
何尝虑及老太太的灯熄灭。

七十四

奔求生计的人哪！你要坐稳，终必吃得上。受着死期追随的人哪！不要走，因为你带不了性命去。

生活之道，
不论你努力还是不努力，
安拉必定送到。
即使你跑到狮子老虎嘴里，
非至寿限已满的那天，
他们不会吃你。

七十五

富而不仁的，如同是镀金的土块；贫而重义的人，像似被土污染的丽人。这一个身着穆萨的衲头，那一个身着饰以宝石的法老的外褂。好人愈受困难愈觉愉快，恶人虽日益发迹而暗中堕落。

凡是有相当的势力，
而不舍得金钱解救心怀伤感的人，
请你告诉他吧！

他在另一个世界不能得到任何洪福和身份。

七十六

妒忌的人吝啬成性，不欲安拉赐给别人。因此，他就仇视安拉的无罪的仆人。

我曾遇见一个精神衰弱的人，
毁谤一个有地位的人。
我说：
先生！你若是个倒了运的，
那幸运的人究有什么过错呢？
嘿！你无须给妒忌的人求祸患，
因为那个命运颠倒的人正在祸患中。
你何必跟他为仇敌呢？
因为他的那个仇敌依然随在他的脑后。

七十七

无诚意的弟子就是无金钱的贪者，不明理的修士就是无羽翼的飞禽，无修养的学者就是无果实的树，无知识的隐士就是无门窗的房子。

七十八

颁降《古兰经》，自来的目的是为造成优秀的品格，不是为消停着诵写那上面的“苏赖”（一章），初习敬拜的庸常[①]徒步着迈进，马马虎虎的学者，乘在代步上熟睡，悔过自新的罪人强似目空一切的修士。

性格温和有心的领兵官，
优越于毁人的法学家。

七十九

或者向一个人问道：“无作为的学者像个什么？”他说：“那好似无蜜的蜂。”

你对那不仁的蠢拙的蜂说吧！
你既不给蜜的时候，
也莫蜇人。

八十

无刚毅的男子何异于女流，胸怀希望的修士，便是个劫路的强盗。

哎，那为着迎合人情去设法把衣服弄白，

① 中国伊斯兰教学者对一般信众的称谓。凡信仰伊斯兰教的一般穆斯林被称为“庸常”或称“信士”。清代刘智《天方典礼择要解·原教篇》称：“人区九品，道宗一脉。”刘智按照穆斯林所能达到的宗教“品级”层次，将其分为九等：“圣四：曰圣、曰钦圣、曰大圣、曰至圣。次于圣者曰大贤、曰知者、曰廉士、曰善人、曰庸常。”九品中最高的品级即“至圣”，特指先知穆罕默德一人，最低品位即“庸常”。庸常，又曰信士，乃信主业一而从圣人之教者，其于教礼义者趣味，则未识也。”

把文卷[1]污黑的人哪！
你从色世上撤回手来吧！
衣袖[2]并不在乎长短。

八十一

两种人的懊丧从心上去不掉，折断的脚从泥沼里拔不出来：一是沉了船的商贾，一是和独身汉为伍的继业者。

如果你的金钱不用到正路上，
对于穷人而言不妨置你于死地。
或者你莫跟蓝袍的伙伴同走，
或者你情愿倾家荡产，
或者你莫同象奴结友，
或者你建造与象相宜的房子。

八十二

在上者的恩赐虽有荣幸，而自己的破烂衣服更有荣幸。伟人们的筵席虽是美味，而自己口袋里的碎馍比那个还美。

自己以劳苦得来的醋蒜，
强似东主的面包与羊羔。

① 文卷，就是由天使记人善恶的簿记。把文卷弄黑，就是不怕安拉，为非作恶。
② 殊不必身着长袖的大袍装模作样。

八十三

揣度着吃药和走那不见商人的路道，却是违反正常的见解和识者的主张。有个人问安萨里："你于学识方面怎样达到这种地步的呢？"他说："凡我不知道的，必不耻于请教。"

希冀健康者请懂得脉性的人诊断。
如此可为近于理智。
不知道的可尽管去问，
因为问的小耻，
可能把你引到知的荣幸上。

八十四

凡是你准知道不久一定就要明了的事，切莫快问，因为这样做，有减自己的尊威。

鲁格曼目睹铁块在达乌德手里，
以他的异能，化为黄蜡。
他不向他究问：
你这是做什么？
因为他知道：
不需请问，终要明白。

八十五

凡与恶人同坐的，虽不至染其恶性，也不免被诬为走他们的路子；就仿佛一个人去到酒铺子做礼拜，在旁观者以为他进去喝酒了。

你好挨近愚人的时候，
就已经给自己签上“不智”的字样了。
我向一些有知识的人请求一个劝诫，
他们说：
你莫接近无识的人。
因为你若是个有知识的人，
一向你成个驴；
你若是个无知识的，
你不更愚昧了吗?

八十六

驼的耐性是你所明白的。若有一个童子扯着它的缰绳，拉出百个法尔萨赫[①],骆驼也能顺从那个小儿。如果遇上一个可能伤生的危险狭路，无知的小儿想要走那个地方，它必定从他的手中挣断缰绳，绝不顺从。在应该严厉的时候表示怯弱，是不可取的。有人说：“仇人不因施惠化为爱友，而且作对的成分越发增强。”

① 法尔萨赫，波斯语，每一法尔萨赫约合一英里。

那对你温和的人，
你就该做他的脚下的土（比他更和气）。
如果他来反抗，
你就把土填入他的两眼里（要比他更厉害）。

八十七

凡是当众抢话，为叫别人晓得他有知识的人，这类人只是暴露自己无知的程度。

明白人非至遇人问他的时候，
必不答辩。
多说虽不失其正，
而人家会斥他的好辩为虚伪。

八十八

我有一次下部生疮，长老每日问我："怎样？"他从不问："生在哪里？"我知道他懂得禁忌，因为人的肢体不是全可提明的。一般识者说："凡是说话不假思索的，未免要受人质问。"

你不深知话是纯正无偏的时候，
切勿张口随便一说。
如果你说真话而受拘押，
总比谎言救你出狱强多了。

八十九

说谎话如同是打仗后的痕迹，伤虽平复，而遗迹宛然。你难道不知，优素福的兄弟们以说谎著名而至信用无存吗？“他说：‘你们的心灵把事件当作平常了。’”①

惯说实话的人偶尔有个错误。
人也原谅他。
如果他是一个人所共知的不道德的人，
大家必定永久不信他的诚实。

九十

万有之中至伟大的，从外表上论起就是人类；万有之中至卑下的是狗。可是识者们都说：“重义的狗强似负义的人。”

你喂给狗一口东西，
纵然你用石头击它百次，
它也不会忘掉你。
你若提拔下级人一次，
他能为了一件最微小的事情和你发生冲突。

① 《古兰经》第十二章，第十八节。

九十一

纵欲的人不能致力于技术。无技术的人安能做领袖?

你不要怜恤多吃的人,
因为多吃便是多辱。
如果你必欲养成像牛那么肥大,
你就和驴一样地饱受人们鞭挞吧!

九十二

《福音书》上记载:"人子啊! 我若赐给你财物,你就离开我被财所缠。我若叫你受穷,你就心窄起来。你能在什么时候感到'记念我'的甜蜜呢? 你在什么时候才能忙于给我做奴呢? "

有时你是在一种享受之下自满的,昏沉的。
有时候你是在困窘中伤感的,痛心的。
你的坏境如此变换在悲喜之间,
我不知道,什么时候方能克己趋真呢?

九十三

无比拟的安拉欲把这一个拿下领袖的座位,欲把那一个妥为保留在鱼腹中。

那记想主给他感觉愉快的人，
可算是进入佳境了。
并不在乎他像优努斯[①]般地隐在鱼腹里。

九十四

安拉若亮出锋利的剑来，先知、上人，都要低下头；他若一挤慈悲的眼角，恶人也能被他送达好人的地位。

若是他在复生（死者）的那一天，
发出严厉的呼唤了。
先知们能有什么推脱的余地。
你由帐幔的内幕发动慈悲吧！
因为厄运的人也在盼望宽恕。

九十五

凡是不依今生的教训走正路的，将来必被制于后世的刑罚之下。“我必教他们尝试次于极大刑罚的最近的刑罚。”[②]

① 优努斯，《古兰经》中记载的古代先知之一。亦称“左农”（意为“鱼人”）。《圣经·旧约》称“约拿”。其事迹的主要情节是：他奉安拉之命在美索不达米亚平原北部的尼尼微部族中传教，劝告族人抛弃偶像崇拜，信仰独一的安拉。因劝化无效，愤然乘船出走。船至深海突遇风暴，为减轻船体重量，经多次拈阄，均拈中他必须离船。他若有所悟，毅然纵身投海，当即被巨鲸吞之入腹。他在腹中痛心疾首，忏悔自己擅离职守的错误，请求安拉宽恕。安拉准其所求，使鲸鱼将其吐至海滩上，从而使其得以生还。

② 《古兰经》第三十二章，第二十一节。

在上的人们先礼后兵，
在劝你不听的时候，
就要用刑了。

九十六

幸运的人不待后来的人，以过去的故事做比方，而先以前人的史略和比喻做警钟。强盗们非至手被割掉后，不肯洗手自戒。

飞鸟一见别的飞鸟落网，
立刻不去接近籽粒方向。
你对于别人的遭祸，
要有所警惕，
好叫别的人不以你为诫。

九十七

先天耳聋的人如何能听。被吉庆的重锁枷住的人，怎能不往前行走呢？

黑夜像光明的白昼似的，
向主的爱友发光。
如此幸福不是借着膀力，
施恩的主若不施给怎会得到？
我离开你再向谁乞怜呢？

因为再无另一个至尊的安拉，
任凭谁的手也超不过你的手去。

九十八

结局良好的乞丐，强过毫无成就的领袖。

你在快乐以前经过的忧虑，
胜过了先喜后忧。

九十九

地面上蒙得天空上降下来的雨，天空获有地上的尘土。“一切的器皿，都滴出内中盛装的。”

如果我的性情在你认为要不得了，
请不要把自己的良性丢出手去。

一〇〇

安拉看得见而予以遮掩，邻人看不见而乱喊。

祈主护佑吧！
人类若懂得目不能见的，
任何一个人以他所处的情况，
也脱不开一个人的手去。

一〇一

金子被开掘发现于矿坑，由于要命而出离吝啬人的手。

卑鄙的人有了不吃而留下，
据称，
妄想强似吃掉。
将来必有一天你看他称了仇人的心愿，
堕落下去，
吝啬至死。

一〇二

凡是不爱护手下的人，他必为在上者所制伏。

不大凡有力的肩腕，
就能依着刚强损折弱者的手。
你不要伤了那些弱者的心，
免得你遭遇强有力的人的压迫，
而至无可如何。

一〇三

一个寒士所做祈祷，说："主啊！你怜恤一切恶人吧！因为好人本不需要怜恤，他们都是天性良善的。”

一〇四

有理智的人遇见民众发生冲突的时候，他就跳出去（避不参加）；他瞧出和平的时候，便就下锚。因为那地方，平安是在一旁；这地方，甜蜜是在中心。

一〇五

赌博的人想要三个六，而来了三个幺（不是事事全随人意）。

牧场比教场强过一千倍，
但是，马不会自拢缰绳。

一〇六

那给衣服安补子、往左手上戴戒指的第一人，就是贾姆希德[①]王。有人问他：“右手贵重，你怎么把装饰戴在左手上呢？”他说：“居右的这样装饰，在右手已告完满了。”

法里东向那缝他帐篷围子的中国画匠说：
有觉悟的人哪！
你当施惠于恶人，
因为好人本是伟大的，

① 贾姆希德，波斯古国俾什达迪王朝第四任国王。

环境是不恶的。

一〇七

或者问一伟人："以右手所具的那份高贵，人们为了什么把戒指戴在左手上呢？"他说："你岂不知，居高位的永久是享尊荣的（右手天然优越左手，不需要再加装饰）。"

那造化福祉和艰苦的生计的主，
也许赐给资格，
也许赐给幸运。

一〇八

对在上的人进忠告，应该是那些不畏斧针不盼金钱的人。

信独一主的人，
你把金子撒在他的脚下也罢，
你把剑砍在他的头上也罢，
他是概不理会的。
对任何人既无希望也无畏惧，
信主独一就是根据这一点而已。

一〇九

政治的领袖是为消灭暴徒的；警察是为制止嗜杀的；法官是感化

剪绺的。

一一〇

原被告去到法官面前，绝不全是情愿公判的。

在你深知必须处置得当的时候，
用和平的方式强似用武力压迫。
人若不痛快地纳地亩税了，
他就必是被强取硬夺。

一一一

每个人的牙一经酸的就倒，唯有司法官，一吃甜的[1]就倒。

以受贿吃了黄瓜根的法官，
却给你定下了百处黄瓜园子。

一一二

婊子到了不中用的年纪，怎会不表示忏悔呢？被革的警官对于扰人怎能不知反省呢？

坐静的青年是主道上的勇士，
因为年迈人已不能从屋角里起来了。

① 甜的指贿赂。

健壮的青年无须节欲，
因为情欲薄弱的老头儿那根家伙已不能矗立了。

一一三

有人问一位哲士："安拉所造的树，任凭哪株都是吉祥的，但均不称为'自由树'，独以此称那无有果实的为'柏树'，这其中有什么奥义呢？"他说："在每一物上于一定的时候有一种特殊的情形。一时因有那种情形得到鲜艳，一时因有那种情形而凋谢。柏树无有这种情形。它是常时愉快的。自由人的情形就是这样。"

已过的事不要放在心上，
底格里斯河在哈里发以后经过巴格达多年了。
你若能手造一事的时候，
你就会像枣树一样的高贵。
如果你不能完成一事你就像柏树那样继续做良人。

一一四

两种人死掉了而带去懊丧：一是有了不吃，一是知而不尊。

任凭什么人不肯正视有地位的吝啬者，
差不多全都尽力说他的疵病。
仁慈的人若有二百项罪恶，
他那仁慈就把一切疵点遮掩了。

总　评

伊斯兰是极其讲求礼貌的宗教。先知穆罕默德说过："无礼貌的人，就是无宗教。"对人对物处处要注重道德品行。言而行，行顾言，始可称为正人。有言无行，那与负经的驴并无异样。有钱财要用到是处，有知识要以它利己利人。对朋友要始终讲忠实，对仇人勿思报复。然而为着自卫计，要时刻加以防备。虚心和果断是应并具的，切戒自私自是，更勿胸无定见。

要而言之：上所云云，只不过略举本章中的几项。详加审阅，每一项皆是字字珠玑，句句金石。上自一国的元首，下至贩夫走卒，均应置为调整气质的良剂。时值道德沦落，人心不古之秋，欲减少社会的不景气，必须履行萨迪的忠告。果如那样，则好人日见其多，国运就不至于继续恶化了。

结　论

《真境花园》一书借着造物主的提携得告终结了。安拉是援助本编的，不像一般作者的习惯袭取前人的诗词。

穿自己的旧袍子，
强似借来的服装。

萨迪的言谈半多是唤起兴趣的，幽默诙谐的。短视的人们因此妄加批评：枉费脑髓，徒吸灯烟，不是才人所干的事情。虽然在一般懂话明理的有心人，完全明了：他把教诲人们的种种劝诫的珠子，串在文章的线里，他用趣话的蜜糖掺和着忠言的苦药，免得人们由于厌读弃置一旁。

我们已经尽到忠告了，
我们为此耗尽时日了。
如果人侧耳欲闻，
使者所负的只是转达罢了。

图书在版编目（CIP）数据

真境花园 /（波斯）萨迪著；王静斋译.-- 北京：华文出版社, 2017.6

ISBN 978-7-5075-4714-6

Ⅰ.①真… Ⅱ.①萨… ②王… Ⅲ.①故事诗－诗集－伊朗－中世纪 Ⅳ.①I373.23

中国版本图书馆CIP数据核字（2017）第148279号

真境花园

作　　者：〔波斯〕萨　迪
译　　者：王静斋
策　　划：杨　平
责任编辑：杨　宁
特邀编辑：陶　鹰　马全富　周嘉玲
出版发行：華文出版社
社　　址：北京市西城区广外大街305号8区2号楼
邮政编码：100055
网　　址：http://www.hwcbs.com.cn
电子信箱：sinoculturepress@yahoo.com
电　　话：总编室 010-58336239　发行部 010-58336270
责任编辑 010-58336258
经　　销：新华书店
印　　刷：北京联兴盛业印刷股份有限公司
开　　本：710×1000　1/16
印　　张：17
字　　数：90 千字
版　　次：2017 年 7 月第 1 版
印　　次：2017 年 7 月第 1 次印刷
标准书号：ISBN 978-7-5075-4714-6
定　　价：38.00 元
